五十年・細說拔萃從前

張灼祥　編著

序

序

　　西川寫《唐詩的讀法》，在讀法四：「一種詩人之間的關係」，有這幾句：「你若真進到古人堆兒裏去看看，你就會發現他們每個人之間的差別很大：每個人的稟賦，經歷，信仰，偏好，興奮點都會不一樣。他們之間有辯駁，有爭吵，有對立……當然也有和解……中國古人也是千差萬別，像今人一樣。」

　　遂叫我明白：我們活在同一天空下，在同一校園，在同一社區過日子，卻是各有各的生活取向，我們看事物的觀點，那 perspective，可有很大的差別。

　　今人所過的日子，那心態，與古人的，竟有相似之處。唐代詩人杜甫《秋興八首》，其中兩句：「同學少年多不賤，五陵衣馬自輕肥」，我們看看同期「書友仔」：他們日子都過得不錯，生活條件還可以。我們希望同代人活得好，可以各自精彩，我們這樣想，唐代人也是這樣想，古今一樣的。

　　屬於我們年代的故事，由不同的人口述出來，竟然出現極大的差異，那是不同的想法、看法。當年大家經歷過同一件事，隔了那麼多年，來個集體回憶，由不同的人說出來，完全兩回事，怎去印證呢？

　　還是一位音樂人說得好：「同一樂章，我們都可以有不同的詮釋，處理方式。我們細說從前，講的是當年個人感覺，大家有共鳴就可以了。」

目錄

第二章　請他們來說

第三章　人和事

第四章 祥看人生

第一章

校園素描

　　《五十年‧細説拔萃從前》一書的插圖，有不同年代的拔萃仔交來 Sketch，包括 Joshua So、Darcey Chan、Terry Lau、Sam Tam，還有當年在我任內，向我提議設計一本 "Diocesan Footsteps: Travel Journal of DBS" 的 Frederick Lau 與 Felix Hui。

　　出現最多的學校建築是 Main Building，Sam 與 Darcey 畫學校正門時都是唸中一（Grade 7），Terry 仍在唸小學六年級，Joshua 已是中六畢業生，準備到外國升讀大學了。

　　這本書主要是細説拔萃從前，所以附屬小學的建築沒有出現，在 2000 後中學的新建築亦不會出現，消失了的主要建築是 Old Gym——六十年前建成的室內體育館，已由新音樂廳（Music Hall）取代了。

Main Building

不同年代的拔萃仔，他們筆下的 Main Building，呈現出不同的面貌來。

Sam Tam

Terry Lau

Terry Lau

Joshua So

歲月留痕

Old Gym 拆了，只留下大門入口上的石牆一角。放置到新音樂廳側小山丘上的泥地上，留個紀念。說是讓後人知道，這個 Old Gym，也曾經有過光輝歲月。

問一位剛入讀中一的同學：「Old Gym 的模樣是怎樣的？」

同學說：「不知道。」

Joshua So

消失了的 School Gym

Old Gym 消失已有十多年了，隨着 School Gym 一起不見的，還有地理室、音樂室及美術室。取而代之的是音樂廳。

舊生回來參觀，經過音樂廳，都說最懷念的是「Gym 後面」的日子，所謂「Gym 後面」，是指同學之間有甚麼恩怨，到 Gym 後面的草地，用拳頭來個公平決鬥，然後就和好如初了。

Joshua So

宿舍

看過宿舍 Sketch 的六十年代宿生說：「那該是四、五十年代的 Long Dorm 面貌，我們入住的時候，已沒有蚊帳的了」

再後一期入住宿舍的則說：「到了我們那一代，Long Dorm 已有 partition，一人一格。」

如今 Long Dorm 仍在，不過已改建成 IB 教職員宿舍了。

Joshua So

鐘樓

　　1920 年代建成的學校，原該有一座鐘樓的，由於經費不足，只得割愛。

　　2004 年建成的小學，有 Clock tower 了，那是前校董會主席阿 Sir 張奧偉爵士的心願：我們中學沒有鐘樓，小學也該有一座吧。

Joshua So

17

石級

上世紀三十年代，Steps 建成。前往學校有兩個途徑，太子道有 Steps，亞皆老街有 Drive。

當年校園近乎不設防。Steps 的盡頭只有象徵式閘門，亞皆老街的 Drive 更是晨運客最愛，從 Drive 旁的小石路，步行至山上草場，進行 Morning Exercise。校鐘響起，上課了，有晨運客甚至步行到教學大樓，觀看老師上課。然後，有從原路下山，亦有從 Steps 拾步而下，到太子道再經嘉多利山，返回亞皆老街。

Joshua So

露天泳池

露天泳池建於 1969 年,是一眾捐款人送給學校,慶祝一百週年的禮物。

工程進行時,在草地下掘出二次大戰時日軍用過的軍刀(其後軍刀存放學校博物館)。

泳池接近危險斜坡,興建時有一定難度。

星期天,泳池對外開放,舊生可帶子女回來暢泳。DSOBA 每年都會舉辦親子活動,舊生帶着小朋友到來,很有嘉年華氣氛。

Joshua So

主樓大門

Main Building 的大門，側門年久失修，在 2000 年後，由校友捐款，重新安裝木門，貌似古樸。其實不過用了二十年而已。

Darcey Chan

童軍房

學校有兩個特別房間，我只到過一次，一個是 Prefects' Room（領袖生室），另一個是童軍室 Scouts' Room。

領袖生室只是 Prefects 可以出入，閒人（包括老師、校長），沒有邀請，最好不要入去，免得自討沒趣。

童軍室長年上鎖，想入內一看，實非易事，那裏藏的童軍用品，有些已成古董了。

Darcey Chan

學校後門

其實那是 Main Building 的後門，從太子道石級上來，右邊是宿舍大樓，室內運動場，游泳池，左邊是教堂，St Augustines's Chapel， IB Complex。

後門前的空地曾經是學校花圃，校友更衣室。

早年經過，很少會抬頭看一眼。1924-1929 年學校從香港搬到九龍，用了五年時間，我們有了新校舍，九十年前的事了。

Darcey Chan

校長屋 Headmaster's House

上世紀六十至七十年代的拔萃仔，津津樂道的有兩件事，到校長室接受體罰，讓 Mr Lowcock 打幾籐；高年級同學，則會到校長屋（Headmaster's House）逗留一個週末，更有遇上假期，一住就是十天八天，但不是每位高年級同學都有此待遇的。留在校長屋的同學，自由得很，可以看書，聽音樂，遇上校長心情好，還可以談天説地，有舊生説 Mr Lowcock 的 inspiring chats，讓他一生受用。

Mr Lowcock 退休後，校長屋荒置近二十年。2004 年，附屬小學在原址建成。

Joshua So

Headmaster's House

Peter Kwok

Where were The Parents' Nights held, the honorable guests entertained? Where was that special "classroom" in which extra lessons were taught and learned? The Headmaster's House.

The 2-story building, with the narrowest and the steepest driveway I could remember, used to stand at the far end of our school field, overlooking Argyle Street before those view-obstructing high-rise buildings went up. Even experienced taxicab drivers disliked going up that drive with their manual stick shift, a common transmission of the time in the sixties. They would often softly moan as they made a quick left turn to start the climb after passing through our school main gate; then they would groan as they quickly found their engine beginning to stall, and therefore in urgent need of timely gear changes, down-shifting to rev up enough power to climb uphill... while hoping anxiously that there would not be any oncoming traffic from the opposite direction... downhill!!

The House had served different headmasters through the years. For my years, it was Mr Sidney James Lowcock.   There could be many reasons why Mr Lowcock had chosen to continue with the tradition. I could only speculate that one of the reasons could be that he preferred to be close to the school, and his students. After all, it was only a pleasant few minutes walk to school each morning across the field, a good warm-up with a healthy pre-load of fresh air for a long day at the office. However, the more important reason perhaps was: he wanted to make himself and his 2-story old house accessible.

From my memory, after one walked through the heavy wooden door at the main entrance, there

was a study room to the left, with a window view of our school field. It was in this room where I used to private-tutor math to a girl from DGS. Our desk was right by the window. I must not have been a very exciting tutor with my approaches in solving polynomial and factorization problems. My impatient but otherwise intelligent student would often gaze out the window, as if she was in search of some boys she knew out on the field. As I found out much later, she was eventually married to the same DBS swimmer she dated during their Diocesan years; their daughter medaled in swimming at the Asian Games representing Hong Kong in the '90s.

Straight from the main entrance, through a double door, it opened into the living-dining room, with a long hardwood dining table on the far right. To the far left by the wall was a very top quality hi-fi stereo sound system, with a pair of large flat-paneled loudspeakers on the floor, and to the best of my recollection, each with a slightly convex, bronze-colored metallic screen, measuring about 3 ft by 3 ft, capable of giving out super fidelity sounds. The only other place where I had seen such unique loudspeakers was in one of my classmate's home in the New Territories; his family business specialty was in high-end stereo component systems. With such state-of-the-art setup in the living room, there was an unspoken, but understood and respected hierarchy system in which visiting students would have to "graduate" from the basic sound system in the study room to that of the living room.

Upstairs was the most frequented sitting room with a TV. Could still vaguely remember watching with my tennis enthusiast room-mate, how John Newcombe used to serve and volley his way into winning a game-set-match on that relatively tiny TV screen. In many a hot muggy evening, Mr Lowcock would sit with his students out in the balcony, just a few steps out from the sitting room. Most "lessons" took place on the second floor during my time.

There could be other houses for other headmasters in other schools in Hong Kong, but to me, our headmaster's house was not only an integral part of our campus on Hill Kadoorie, but more importantly it was an iconic building, very special in my memory. I may have learned my academics in many different classrooms in the main school building, my practical skills in the laboratories in the New Wing, and experienced that added dimension of school life on stage in the Assembly Hall with the orchestras. However, when I became a boarder as the Second Prefect in my U6 year, through a tradition first set up for Senior and Second Prefects by our former headmaster Rev. George She (as I found out much later), my horizon became much widened. As a boarder free from all lights-out restrictions, a privilege bestowed on senior Form 6 boarders and Prefects, I was able to stay at the headmaster's house until late. It was there, given those additional after-school hours, through the many days and nights in my Upper 6 year that I was privileged to both know Mr Lowcock better and learn about my self much more.

DBS had been known for offering a rounded education to its students. Being active and achieving on the music-arm in our DBS tradition, I thought I was "rounded", meeting the challenges in time-management between the demands from academics and extracurricular activities. Little did I know that to be "rounded" in music, I needed to open up my tunnel vision, extend my understanding and involvement in music beyond the classical. Still could remember how captivated I was when I first listened to the body-moving, finger-snapping sounds by MJQ, the Modern Jazz Quartet, with the mesmerizing tone of Milt Jackson's vibraphone, playing cat-and-mouse with the piano, crisp and crystal clear, through that super high fidelity sound system in the downstairs living room, the Headmaster's house. Mr Lowcock was holding a drink in his hand, with his body gently swaying to the rhythm and the syncopated thumps of the double bass. "That's the way to enjoy music!" I said to myself that night. Not stiff and neck-tied in the etiquette-laden concert hall!! I also remembered how amazed I was at the fact that despite being called "Modern", the jazz group actually followed such old classic musical forms as baroque counterpoints, something I was familiar with and could therefore appreciate almost immediately. At that moment, the boundary between the almost aristocratic classical music and the people-friendly music, such as jazz, began to blur; the wall separating them began to tumble as I began to realize the more important purpose and true meaning of music. I finally discovered the bridge!

To find out what important and valuable treasures could be on the other side of the bridge, I started on guitar and I went through Mr Lowcock's record collection in his study room. I became acquainted with not only the popular notables such as Joan Baez, Judy Collins, Bob Dylan, Peter, Paul and Mary... but also the very early American folk singers such as Pete Seeger, Woodie Guthrie and the Weavers, with their songs about the coal miners, the unions, the railroads and above all, about war and social injustice. My very first indirect taste of the American culture!

Obviously the purpose of a headmaster's house was first to provide a convenient lodging place for our headmasters, but Mr Lowcock had made his

privileged residence into an open "class room",
an extension from the main school across the field.
During his years, the headmaster's house had become
an "open" facility, a "House of Discoveries" for
all who came through the door! The Prefects,
the boarders, the day-boys, our school's budding
artists, painters, achieving athletes and the musically
inclined... probably each with his own unique
encounter and story to tell! However, for me it was
there in the headmaster's house where Mr Lowcock's
hand met the cutting edge of a razor blade, held
by my very good friend who had to overcome his
syncopal reaction to blood, so that he could continue
on his way to become eventually a prominent
medical doctor. Am not sure if a scar was left on
Mr Lowcock's hand, but bleed it did. What a turning
point it might have been on the career path of an
uncertain doctor-to-be; indeed an indelible mark in
my memory ever since I became aware of the incident.

It was also there in that same house where another of my roommate was finally able to verbalize his secret inner fear of the unknown and uncertainties, dealing with his health and preparing to go study abroad. He eventually overcame his self-doubts and went on to finish his drawings of our headmasters' portraits, now lining up the walls of our Assembly Hall. To this date, I still ponder what pain and sufferings he must have gone through in the years after DBS before he finally took his own life. On a lighter note, it was there in that open living/dining room, where the lights would dim and gleam for occasional parties, at one of which, fancy dance moves and Charleston footwork were showcased to the delights of many by an American "import", a tall well-built bespectacled PE teacher from the US. No, I did not learn to dance there, but it was in this very same house where I discovered music, people's music, unlearned my biases, and started to build my own bridge, to find the meanings of not only music in particular, but also life in general. To me, the headmaster's house was not only a popular haven where we were encouraged to challenge the established with courage to deviate from the norm, but more importantly, that was also where many of us discovered our selves... in our innocent nonage!

Through the months, especially the final months before my departure for college in the US, I grew increasingly attached to our headmaster's house, and what it stood for in my upbringing in DBS. Difficult as it was for me to cut the cord, to end my chapter in DBS, I also realized that such productive breeding ground for ideas and discoveries was for many; I was simply one of the many. Mr Lowcock himself had to recharge, re-group, and continue on with the sometimes emotionally draining roller-coaster in grooming his students for growth, then for graduation and farewells every year, just as many of our dedicated teachers would. I had to move on, just as our headmaster's house had to move on in the history of DBS, to be demolished to make room for our campus expansion, ultimately to allow more to benefit our celebrated tradition. DBS history can only be made and tradition be continued by having students coming through, goal-searching and limit-testing, each in his own way, with his individual but special encounter, even if the headmaster house is not there.

第二章

請他們來說

《五十年·細說拔萃從前》，鄭潔明訪問了五位同代人，有我的師兄，也有我的同輩、師弟。

潔明是旁觀者，但她不是冷眼旁觀，而是用平實文字，記下那一代人的經歷，與拔萃有關的，與 Mr Lowcock 有關的，讓我想到，那年代，人間有情，真有其事。

同代人還有 David Sung，他說讀醫是得到校長的鼓勵（只是 Mr Lowcock 用的方法有點嚇人），梁永寧談及校長為了他到海外讀中學，千山萬水的到美國，為他打點一切，看了教人動容。

其他幾位舊生，說起他們在拔萃的日子，真情流露。還有 Mr Lowcock 寫的 Chicken Hawk，都是值得一看的好文章。

開始時，我想節錄兩本校史的文章，作為參考："The Diocesan Boys' School and Orphanage: The History and Records 1869-1929" 與 "To Serve and To Lead: A History of the Diocesan Boys' School Hong Kong"，其後發覺不知從何入手，只好作罷。

欣聞 93 屆畢業生在慶祝男拔萃一百五十週年，將會出

版《1869-2019 拔萃山人誌 An Undefiled Heritage》。

撰寫歷任校長的故事，由 1. Arthur（雅瑟）開始，然後是 2. Piercy（偉士），3. Sykes（賽克思），4. Featherstone（費瑟士東），5. Sargent（舒展），6. Goodban（葛賓），7. George She Zimmern（施玉麒），8. Lowcock（郭慎墀）。

八位校長，學校八個 House，都是以他們命名的。2000 年前，學校只有六個社。2000 年後，我當上男拔校長，先有 Lowcock 年代舊生，聯名向校董會提出他們的冀望，成立 Lowcock House。然後是 George She 年代的，同樣有此期盼。

懸掛在學校禮堂的八位校長素描，由 Arthur 至 George She，是由同級同學 Yeung Chan Hung 畫的，Chan Hung 在 Lowcock 年代唸預科，把素描完成。到 Lowcock 退休，Chan Hung 不在了，沒法去為 Lowcock 畫一幅人像 Sketch 了。

1993 年是黎澤倫（J. Lai）的年代，《拔萃山人誌》當然會提及 Mr Lai，很想早日看到由他來講拔萃飯堂的故事，男生的姓名由來。

在《山人誌》亮相的歷任校長素描，是由舊生畫家尊子執筆，除了八位校長外，當然也有 Mr Lai、我，以及 2012 年 9 月當上第十任校長的 Mr R. Cheng（鄭基恩）。

有年輕一代舊生問：為甚麼你是第九任校長？學校有八個社（以校長為名），加上 Mr Lai，到了你，不是第十任，而 Mr Cheng，該是第十一任了。

問得有理，Skyes 在 Piercy 退下來時，本該出任校長的。但當年做校長有此規例：校長的太太得出任 Matron（宿舍保姆）。

Skyes 是單身 bachelor，但他無意結婚，婉拒校董會邀請，不肯出任校長，其後由 Featherstone 成為新一任校長。Skyes 在校實際工作等同校長，故後來 Skyes 也成為學校一個 House。

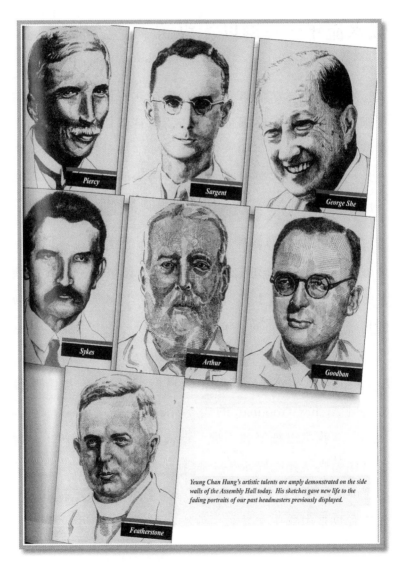

Piercy

Sargent

George She

Sykes

Arthur

Goodban

Featherstone

Yeung Chan Hung's artistic talents are amply demonstrated on the side walls of the Assembly Hall today. His sketches gave new life to the fading portraits of our past headmasters previously displayed.

似水流年——馮以浤專訪

致電約馮以浤老師訪談，他邀請我到他家中作客。他仔細描述到他家的路線，不但告訴我往哪個地鐵站出口，還清楚描述沿途所見的景物。他說：「如果我直接告訴你地址，你會走很多冤枉路。」馮老師還問我是否需要在訪談前作準備，即使對待一個小訪問，他都如此認真。

按照馮老師的指示，順利來到他的寓所。一進門，便看到木櫃上的魯迅先生像，牆上掛着字畫。84歲的馮老師從房間捧出幾本書，有他寫的《小河淌水——退休教師憶流年》、他和陳慕華合著的拔萃校史 *To Serve and To Lead：A History of the Diocesan Boys' School, Hong Kong*，以及 Diana Goodban 編寫關於拔萃第五任校長 Gerald Archer Goodban 的書 "*The Goodban Years 1938-1953*"。我拿出紙筆和手機，準備記錄。馮老師說：「現在就開始嗎？先吃點水果，聊聊天吧！」馮太太端上熱茶和已削皮的蘋果，熱情地請我吃。馮老師曾在拔萃教中文，知道我也是中學中文教師，就跟我討論新高中中文課程，

細説中文課程歷年來的演變，又談到香港大學的老師。談着談着，就談到他曲折的求學過程。

輾轉求學

「1939 年，我與家人到西貢（今胡志明市）逃避戰亂，一入學就讀一間女子小學。」他的姐姐入讀振華小學，他就讀學校附設的幼稚園，讀了半年就破格升讀小學一、二年級的複合班，成為該女子小學唯一的男生。後來他隨姐姐轉讀穗城學校，因為小三學位有限，被迫重讀小二，其後因為搬家，再轉到新會學校讀四年級。

1946 年，香港的局勢開始穩定，他返港入讀德明小學五年級。1948 年考入拔萃男書院第八班（相當於小學五年級）。「我一入拔萃就被派入第八班 B 班，老師會用很多中文解說。但是不幸地，我當年考第一，讀了半年就升讀第八班 A 班，十分辛苦！A 班百分之一百用英文教，有一半學生是外國人，中國學生也用英語交談。反正上課聽不明白，我就在桌下看小說。」馮老師因為上課看小說而被老師體罰。

「有一位老師的體罰是象徵式的，但是一般的體罰都是真的。」他被體罰的經驗不多，只有兩次。「第二次被體罰，是因為期中試後，同學上課不聽話，我就作怪，說要去洗手間，老師不准，我再舉手，說不讓我去就要『瀨尿』，他就一巴掌打過來。」馮老師強調：「不過，我沒被校長用籐條打過，有些人一年被打十次、八次啊！」他豎起手指，認真地介紹：「用籐條打有三種打法：打手掌、打腳瓜和打屁股。不過，學生自有應對方法，打手掌就在手上塗油；打屁股就多穿一條內褲，再墊一塊紙皮或厚紙；打腳瓜只能多穿一對厚襪。」

馮老師曾令校長 Goodban 不悦，以為會被打籐，但校長竟然網開一面。「Goodban 很喜歡打木球，不喜歡別人踢足球，凡是他們要打木球，就會清場，不准別人在旁邊踢足球。星期日通常沒有木球活動。有一個星期天，我們約了華仁的學生來踢足球，校長卻要我們離開。我不知為何有這膽量，跟他說：『不行啊！華仁書院的同學在跟我們比賽，怎能離開呢？』僵持了一會，他說：『你們喜歡打就繼續打，但後果由你們負責！』」馮老師和隊友繼續踢足球，翌日收到通知，要與隊友一同見校長，「我想一

定會打籐啦！但他教訓了
我們幾句，竟然不用打
籐，只是罰留堂，有點意
外！」

三位好校長

馮老師對 Goodban
的印象挺好，「他是英國
紳士，凡事很嚴謹，但
偏向他認為對的事，對一
些談得來或偏向英國文化

拔萃甲組乒乓球隊。後排左起，領隊張炳華
老師、成員陳恩波、林靄才、朱象政；前排：
黃重光、馮以浤（隊長），攝於 1956 年。

的學生特別好。」談到 Goodban 的貢獻，馮老師說：「他
在中學界是舉足輕重的校長，他深得何明華會督的信任，
1938 年來做校長，把拔萃辦得有聲有色。以前香港的教育
主要靠天主教和聖公會學校，Goodban 與幾間天主教學校
的校長，合力向政府爭取改善補助學校的待遇。他對政府
不滿，就會請何明華跟政府談論，港督都怕何明華三分。
Goodban 亦聯合一些天主教學校的校長和熱愛音樂的人士，

大力提倡音樂活動，香港校際音樂節就是由他一手創辦的。」他指着桌上的書 *The Goodban Years 1938-1953*，說：「你翻到第三十頁的中間就可看到。」我翻到該頁，果然是相關資料，相信馮老師已翻閱多次。

馮老師坦言與 Goodban 的接觸不多，但對他仍有印象，「中一時他教我們英文默書，着重發音，我們即使不懂串那個字，但聽他的讀音都能默出來。我對他的辦公室並不陌生，由中二起，我有機會獲獎，就到他的辦公室選書。另一次接觸是中五時，我因家境不好，告訴他我中五後，便會去羅富國師範學院讀書，請他寫信推介。他爽快答應，第二日就把信寫好。」

本來中六畢業才可以報考羅富國師範學院，但馮老師有校長的推薦信，順利獲取錄，但後來因為未能通過體格檢驗而未能入學。不過，在 9 月初中六開學後，他又獲取錄通知。當時新校長 Canon George Samuel Zimmern（又稱 Canon George She 施玉麒）上任，「我告訴施校長，我不讀中六了。他問明理由後，不讓我去。我說我家境困難，雙親想我早日出來工作。他聽後就說豁免我的學費，但是

我也需要生活費，去羅富國讀書，除了豁免學費，還有每月二百元的津貼。他說準備舉辦賣物會籌款，籌款後可以資助我，又會介紹補習給我。」馮老師難以推辭，便繼續在原校升學，「10月，他介紹了何東的曾孫給我補習，12月，他告訴我每月會給我一百元，連同補習費，合共二百元，足夠我生活。」

馮老師形容校友施玉麒是關愛型的校長，欣賞他放下名利，來拔萃做校長。「1953年，Goodban 想提早退休，因為他45歲前回英國還可教書，而且他的女兒有讀寫困難，要回去照顧她。何明華會督後來說服他留任到1955年。施玉麒來拔萃做校長，作出了很大犧牲：他原本是法官、大律師、牧師和商家，替何東打理生意；他明知只做幾年『看守校長』，仍願意放下一切。」

中六時，馮老師當上學生長（Prefect），與施玉麒的接觸越來越多。他說：「施校長逢星期五會與我們一起吃午餐，我們就像朋友一樣，無所不談。他多次對我們說，大學畢業後一定要回來任教。大學開學半年後，他甚至來我們的宿舍，跟我們聊天，要我們畢業後回去教書。」除了學業和工

作外，施玉麒還很關心馮老師的感情生活，「他經常問我『有女朋友了嗎？』，還請我去喝茶，介紹女孩給我。」

當馮老師大學畢業，拔萃有三個教席空缺，但是有五個同學都曾答應施玉麒回校教書，難題就落在新上任的校長 Sydney James Lowcock 身上。他決定聘請修讀數學和物理的列偉瑜、修讀中文和英文的黃兆傑，以及修讀地理的馮老師，他們都要兼教中文。馮老師解釋：「拔萃的中文老師經常被學生欺負，未能管教學生。施校長上任時，兩位中文老師離開了。到 Lowcock 上任時，又有一位離開了。他趁機把三十節中文課分拆，由我們三人任教。」Mr Lowcock 的方法十分奏效，馮老師笑說：「學生知道我們是師兄，非常尊敬，不敢作怪。」他和學生的關係融洽，「學生有時會為我們起花名，我於是也為他們起花名。有一次，我出作文題目『秋』，要學生加一些字，自訂題目，寫與秋天有關的內容。有學生取巧，以『秋姐』為題，寫他的傭人，我就改他的花名為『秋姐』，現在他偶爾回港，我和他的同學依然叫他『秋姐』。」馮老師微微一笑。

馮老師雖然主修地理，但讀教育文憑時曾修讀中文、

數學和地理教學法，教授三科都能應付自如。他對中文教學特別有心得，「以往老師只教文言文，叫我們自習白話文，但我會教授白話文，並要求學生每人付兩元，集資購買課外書，每人每年讀八本，讀後寫閱讀心得，學生都很受落。我還要求他們寫作文和生活隨筆。」生活隨筆的構思源自他的英文老師 Paul Du Toit 的社論評述。為了提高學生對寫作的興趣，馮老師和黃兆傑老師向 Mr Lowcock 提議出版中英文雙週刊校報《阰報》（Olympus），並希望他撥備五百元，以應付不時之需，他爽快答應。Mr Lowcock 還遊說馮老師和黃老師引導學生參加朗誦比賽和籌辦中文話劇活動，令中文科在拔萃的地位有所提升。

Mr Lowcock 曾經是馮老師的物理老師，後來成為他的上司和朋友，他們的感情很好。馮老師評價 Mr Lowcock：「他是一個很聰明的人，思考很快！他的粵語很流利，但對中國文

演出丁西林獨幕劇《瞎了一隻眼睛》，演出時改名《一目了然》，分別由馮英麟（右一）、黃兆傑（右二）和馮以浤（右三）飾演丈夫、妻子和客人。

化的認識不深，有時會說錯話，傷害了學生的自尊心而不自知，所以有些學生不喜歡他。其實他對學生很好，很關心他們，能夠發現他們的長處，知人善任。他會請信任的同事幫忙，不信任的就不請，所以有分工不均的問題。我們拔萃舊生並不介意，但是非舊生的同事就覺得不好受。Lowcock 放任的作風未能發揮一些人的積極性，亦影響學生對老師的態度。老師不想參加課外活動，可以不參加，學生見老師不參與學校的課外活動，就不太尊重他們。」

馮老師得到 Mr Lowcock 器重，「他認為我應該做校長，但我不是基督徒，不可能在聖公會學校做校長。而且我有反宗教紀錄，曾與宗教老師辯論有沒有神。而且當時我比較左傾，很多老師和同學都知道。Lowcock 知道我遲早會走。」馮老師不甘只是教書，1968 年，他到香港大學出任明原堂的舍監，在港大教育系兼任教育哲學和教育社會學的講師。「我做了十一年舍監，明原堂已上軌道，沒有挑戰性了，我想專心教書，於是轉職。」

1979 年，他到中大教育學院，教授「地理教學法」、「教育思想與問題」和「課外活動」三科。馮老師對課外活動

的認識和熱情，主要來自 Mr Lowcock 的演說。Mr Lowcock 重視課外活動發展，曾以〈課外活動的功能〉為題，向數百名聖公會的小學校長和教師演說，並請馮老師作粵語翻譯，這次演講使馮老師更重視課外活動的教育作用。

撰寫校史

1994 年，馮老師提早退休，移民加拿大，過着閒適的生活。2000 年，他的母親病重，他返回香港，此後留港定居。他退而不休，編寫著作，並撰寫拔萃校史，馮老師瞇起眼睛，微笑着說：「是張灼祥迫我寫的！原本我不寫，不想太主觀，想請非校友寫。我先請中大退休教授寫，但她不久便因眼疾退下來，再請港大退休教授寫，他又病重，後來找拔萃校友寫，但張灼祥不滿意，要我寫，他說收了一位家長一百萬元捐款，不能『甩底』。後來我找來在男拔修讀物理和化學的女拔同學陳慕華合作撰寫。」

我好奇為何女拔的同學會來男拔讀書，馮老師解釋：「五十年代拔萃財政短缺，中六每科只有十個、八個學生，為了善用資源，男拔和女拔開設不同的選修科，男拔開設

地理、化學和物理科，選讀這三科的女拔同學要到男拔上課；而女拔則開設英文、歷史和生物科，修讀這三科的男拔同學就要到女拔上課。」馮太太瞥一瞥馮老師，笑說：「當年女拔的同學來男拔上課，慕華坐在以滋前面，但他們從來沒有交談過。」馮老師腼腆地笑。

因為撰寫校史，馮老師才知道當年兩位受歡迎的老師離職的原因。「Donald Brittain 是非常好的英籍地理教師，他的太太因為不喜歡香港而返回英國，後來他與女拔萃的女教師結婚，但校董會主席何明華不接受他再婚，要施校長解僱他。而另一位教師 Paul Du Toit 也是再婚的，他和也在男拔任教的現任妻子當時正在澳洲度假，知道 Brittain 被解僱後，也一起主動請辭。」

馮老師曾為拔萃第九任校長張灼祥的著作《拔萃十二年的日子》撰文（見該書的代序），稱讚 Goodban、施玉麒和 Lowcock 是三位好校長。訪問當天，他再次談到三位校長的分別：「Goodban 處事嚴謹、施校長比較寬容，Lowcock 則流於放任。Lowcock 是最受學生歡迎的拔萃校長。」馮老師跟施玉麒和 Lowcock 較為熟絡，在他們退休

後仍保持聯絡。「施校長退休返回英國後，我有機會去英國，就會探望他。Lowcock 過身前十幾年，我每年都會探望他一至兩次。」當年 Mr Lowcock 病危，馮老師趕往將軍澳醫院，見他最後一面。談到他的死，馮老師說：「沒有辦法，人總有一死。」說來淡然，但是他在 Mr Lowcock 的悼詞中，表達深切的懷念。

訪談來到尾聲，馮太太在餐桌擺放茶杯、牛奶和各式曲奇，她笑着說：「來吃下午茶吧！」馮老師拿着茶壺，一拐一拐走到餐桌。他呷一口茶，說：「這是我在拔萃時的習慣，直至現在，我們都習慣吃下午茶。」拔萃的點滴，影響着馮老師的生活，即使是半世紀前的事，仍然歷久彌新。

綠社（Arthur House）榮獲 1955-56 年度全校運動比賽總冠軍。圖為全體運動員合照：左四為社導師 Mr. Donald Brittain，左五社長馮以泫。

回首念恩情——湯顯森專訪

　　湯顯森約我到香港大學的聖約翰學院訪談，才想起讀大學時常留在大學本部，從沒來過。沿着蒲飛路走，來到聖約翰學院，再拾級而上。附近的餐廳職員見我左顧右盼，就上前問我找誰。我說要找湯顯森先生，她笑着說：「哦！原來找湯牧師，他住在前方的宿舍。」來到宿舍，保安員指示我乘搭升降機。升降機門一開，就看見湯顯森，原來他擔心我找不到路，打算來接我。他微笑着說：「找到了，真好！」

　　來到湯顯森的家，大門一開，就看見一大個棕色的木書櫃，上面放滿了厚厚的書。他說：「我喜歡看書，歷史書、哲學書等。」他細心指示洗手間的位置，然後到廚房預備茶點。他端出兩杯熱茶和一碟黑芝麻蛋卷，說：「剛巧昨天有人來探望我，帶來蛋卷。現在很少餅店還做蛋卷，這種蛋卷有蛋香，很好吃，你也來試試吧。」他一邊吃，一邊問我如何教中文。原來他在拔萃讀書時，曾受老師啟發，所以特別重視教學方法。

拔萃多樂趣

1949 年，湯顯森入讀拔萃五年級。談到選讀拔萃的原因，他捧着茶杯笑說：「哈！要多謝我老豆！我想他人生中最重要的決定，就是送我到拔萃讀書。他聽說拔萃是一間好學校，就託朋友四出打聽，找老師替我補習，我讀了十條題目，原來全是入學試的題目。」我很驚訝，問那位補習老師是否在拔萃任教，湯顯森眉頭一動，說：「我不知道啊，那時我年紀太小，若然是也不出奇啊，哈哈哈！那時是五十年代，很多事情還未有制度。」

湯顯森提起另一位同學的入學奇事：「在畢業班五十週年的聚會上，有一個同學告訴我們，他入讀拔萃時，連 26 個英文字母也不懂。那時拔萃的課室不足，我們時常要換課室，他不懂 ABCD，只能數課室。我不知道為何他能入讀拔萃，但是我沒有追問，不會去『八卦』，不知道總比知道好，這是我做大狀時學會的。」

湯顯森說在拔萃讀書很開心，有很多樂趣，「我們拔萃仔個個都犯規，最重要的是，不要被人發現，如果被捉住，就承認，然後被打籐。有兩件事我覺得很有樂趣，小

後排第四是湯顯森，攝於游泳比賽後。

六時，我想射雀鳥，但是沒有丫叉，就在學校斬樹枝，當
然我機警，沒有被發現，而且當年學生很少，只有六百多
人。我很少說這個故事，說出來是想你感受做拔萃仔的心
態。第二件趣事是我在學校偷工人種的番茄。拔萃仔總會
發揮創意，做自己想做的事，雖然是犯規，但是我們不怕
被捉拿。如果我們拔萃仔有爭執，就會到後半山那個『屎
窟山』打架，打架後就沒事了，很多時都是不打不相識。『泰
國仔』打架最厲害，有幾個泰國的大家族都會送子弟來拔
萃讀書。」我問湯顯森有沒有打架，他哈哈笑說：「我忘
記了，可能打過，但記不起了，有些事是自己不想記起的，

我只記得見過同學打架。」

難忘校長與老師

談到校長 Goodban，湯顯森說：「我跟校長很少接觸，除了那一次被他打籐。我不記得那時做了甚麼事，好像是行為不檢，可能是講粗口吧，結果被 Prefect 捉往。被打籐當然感到害怕，但是被打後會變乖，所以我贊成體罰。人在小時候是需要阻嚇的，在成長的過程沒有人教紀律，長大後就會胡作非為。

除了打籐，Goodban 也會在早會演說，對學生作出提點。湯顯森憶述：「我記得每天都有早會，讓全校學生聚集在一起，建立我們對學校的認同。校長會致辭，不過當時我年紀太小，他的話都當作是耳邊風。」他強調：「但是，Goodban 是一個很有威嚴的校長，同學看見他都感到害怕，我遠遠看到他，會馬上走開，不會上前叫他。但是，他受到我們的尊重，他的威嚴和權威是無形的，無法以言語表達。我覺得校長有威嚴是很重要的！當然學校也會訂下道德標準，培養同學的紀律。」

　　湯顯森認為學校賦予 Prefect 很大權力，亦有助管治同學，而他也被選為 Prefect，「我獲選為 Prefect，是因為我是足球隊隊長，在學校有江湖地位。另外，我在基督徒團契很活躍，所以校長和很多老師都認識我。當時我會到茶餐廳捉吸煙的同學，罰他留堂抄校規。但是，這個受罰的同學後來跟我做了好朋友，因為懲罰，我們有機會相識。拔萃教我們不記仇，不記別人的小過，現在很多人都記仇，別人曾經得罪他，就不會寬恕人。」

　　畢業多年後，湯顯森重遇另一位曾經被他懲罰的同學，「後來我做大狀，在區域法院完成第一次中文審訊後，法官召見我，我估計他想問我審訊是否順利。他一見我就問：『你認得我嗎？』我當然不認得。他說：『我當年第一日返拔萃就被你罰。』當時他讀五年級，早會忘記帶 Hymn Book（詩集），我就罰他抄校規。不過，他說：『結果你沒有罰我，因為我叫了老媽子來求情。』原來她是校長的秘書，我當時覺得只是小事，就放他一馬。他現在是一位很有影響力的拔萃校董。」

　　Goodban 離職後，George She 接任校長。湯顯森與

George She 較為熟稔，「George She 做校長時，我很少跟他聊天。反而在他退休後，我會去英國探望他，但是談話內容已經忘記了。我跟他很有緣，現在回望，我們的人生都很相似：他做過大狀，我又做過大狀；他做過官，我又做過官；他是校長，我又是校長；他是牧師，我又是牧師，真的很難得！」

George She 不只是校長，也是湯顯森的歷史科啟蒙老師，「他令我喜歡讀歷史，中六時，他教我歐洲歷史，他太太 Dorothy 教法國大革命。他令我對歷史有新觀感，發現讀

攝於中六時，探訪 St. Christopher 後。

歷史不是死唸書。他上課不會照書讀，而是會生動地講故事，引導我們思考，我們上課不用帶書，也不用抄筆記，只須專注地聽他講解。後來我讀大學時，也讀歷史，我做校長時，也教歷史。我覺得學生被老師啟發是很重要的，每一個學生只須要被一個老師啟發就夠了，學生一被啟發，就會自己發揮，沒有其他東西可以阻攔他。」除了教歷史，George She 偶爾也會教宗教，「有時宗教老師沒有空，他會來教一、兩節課，他不只講《聖經》，也會談學生的生活和人生。」

　　回望過去，湯顯森發現 George She 一直在幫助自己，「我記得有一天上課時，校長召見我，叫我做基督徒團契的 Chairman（團長），我當時不知道這是一份榮譽，只是校長叫我做就去做。現在回想，才發現校長一直在背後栽培我在教會做事。後來我升讀香港大學，收到馮平山獎學金，有一千元，在 1959 年，一千元實在是不少錢！此後我每年都收到獎學金，直至畢業。我估計這是校長替我尋找的經濟援助，因為他和馮秉芬是老朋友，而馮平山獎學金是馮秉芬為他爸爸設立的。拔萃仔有另一個好處，就是做了好事不會說出來，不像現在的人，做了一點小事就打鑼打鼓。」

　　吳盛德牧師對湯顯森的人生也有重大影響，「他是聖經科老師，也是牧師，在燕京大學畢業，教會派他來拔萃做校牧。他上課會叫不聽課的同學坐在課室後面，有一半同學不聽課，但另一半對他的教導很受落。他啟發我的思想，我中二時，他說過 Life is a struggle，迫我們思想生命的意義。當時我不明白，後來才慢慢領會生命中有不同程度的 struggle。中三、中四時思想很含糊，但又想建立自己的人生觀，因為信服吳牧師，我就信教，在拔萃的教堂洗禮，真正的影響力是無形、無語的。現在回想，吳牧師的確能做到愛人如己，盡力幫助學校和學生。他為人很低調，很多人都低估了他。後來我去耶魯大學讀歷史，才讀到他的文章。」

　　湯顯森念記吳牧師的恩情，畢業後仍與他保持聯絡，「他的喪禮是由我負責的，因為他的家人在大陸，不容易來香港。他曾帶家人來香港，子女都在拔萃讀書，但是在三反五反之前，他的家人返回大陸，他在香港賺錢養家，退休後，還要靠補習維生。我的同學很多都移民了，但是他們仍會問候牧師，想幫助他。因為沒有人照顧他，我就照顧他，送他到老人院，他是在老人院死的。我記得他的喪禮只有五個人參加。」湯顯森數數手指：「參加喪禮的

有我、拔萃的老師 Jacobson、校長 Jacland、Lowcock，還有誰呢？咦！只有四個人？」他瞪大眼，再數一次，驚訝地說：「只有四個而已？」他落寞地說：「他沒有朋友的。」

湯顯森認為拔萃很多老師都很有性格，「例如 Birtwhistle，他教歷史，脾氣很暴躁，但教書很好，我記得他教書時，會在課室走來走去。有一次，有同學不聽書，老師就將一本書摑過去，全班都嚇了一跳，真的很突然，很有戲劇性！」

而另一位令湯顯森難忘的老師是 Mrs Du Toit：「我很幸運，她是我中五的班主任，她教英文很細心，使我對英文有信心，我的英文好，也要感謝她。她是華僑女子，個子小小，但嫁給身型健碩的瑞士老師 Mr Du Toit，他們的身型對比太大，大家都笑他們。」

中五時與 Mr and Mrs Du Toit 合照，右一湯顯森。

拔萃精神

談到拔萃精神，湯顯森認為：「拔萃的學生都很有性格，很有創意，有膽量，永不言敗。拔萃培育了我們的紀律和忠誠。同學和同學之間有無形的聯繫，我們透過參加活動認識，畢業後又會重遇。一些師弟在大型的私人銀行工作，會聘請拔萃仔。我在鄧肇堅中學做校長時，有個拔萃仔來應徵歷史教師，我想也沒想，就聘請了他，他後來成為學校其中一位優秀的老師。另外，我曾經參與四川地震的賑災工作，要籌十萬元，我特別希望拔萃仔參與，朋友推薦了一個從商的師弟給我，他幫忙籌得十萬元，此後我們成為朋友，他後來亦參與四川賑災的工作。」

拔萃的教育培育了湯顯森對社會的責任感，老師亦提供機會，讓他參加社會服務。「1957 年，我讀 Lower Six 時，老師 Peter Whittle 帶我去工作營。現在回想，覺得很奇怪，他沒有叫其他同學，只是帶我去。第一個工作是到烏溪沙開發，那裏很荒蕪，我們要打地基。事前我不知道要體力勞動，只是想認識新朋友。雖然有點辛苦，但我特別喜歡這體驗，我感受到箇中的艱難和挑戰。很多香港學生都不

認識勞動，甚至貶低勞動，所以我在拔萃籌辦了類似的活動，也邀請 DGS（女拔萃）的女同學一起參與。1958 年暑假，我再次參加工作營，在屯門的地盤工作。那裏有一塊一噸以上的大石，根本是搬不動的，但是我們應用所學的知識，掘斜路，把它推動，這次體驗使我明白要透過實踐，完成看似無法做到的工作。」他攤開手掌，說：「你看，我的手掌就是從那時候開始長繭的。」

「拔萃為社會服務的傳統，令我們想為社會做事，而不是只顧賺錢，只為個人利益。後來我去英國讀書，發現英國的 Public School（公立學校）也有同樣的傳統。」湯顯森決定成為牧師，亦與社會服務有關。「在信教後，

5B 畢業同學合照，左一湯顯森。

我到一間孤兒院工作，這經歷使我覺得要接受訓練，成為牧師，實踐愛人如己、關心社會的思想。」

中五會考後，湯顯森不想浪費長達三個月的暑假，就問吳盛德牧師有甚麼可以做，「剛巧孤兒院的『孤兒家長』辭職，孤兒沒有人看管，我就走馬上任，擔任二十個孤兒的『家長』。最大的孤兒 16 歲，而我只有 18 歲。」他笑説：「我就這樣開始管理這班『馬騮』。我在孤兒院住了三個月，體會到貧窮的滋味，我們沒有錢，沒有飯吃，我的家境不

第一行左一是湯顯森，攝於 1955 年復活節。

特別富有，未能幫助他們。我們只能吃香蕉填肚，每天年紀較大的孤兒會出海打魚，沒有魚，就沒有餸。對一個拔萃仔來說，這經歷十分特別。」

他認真地說：「這些戰後孤兒看不到人生的前途，他們最大的願望就是離開孤兒院，到政府市政局做清潔工人。而我們拔萃仔的路已經鋪好，畢業後會入大學，然後會有一份穩定的工作。我問自己：為何我們的際遇有這麼大分別？既然我們拔萃仔很幸運能做社會的領導，就要為社會作出一點貢獻。」離開孤兒院後，湯顯森仍與孤兒保持聯絡，他讀港大時，週末會為他們補習，現時其中一位孤兒還有上聖三一堂的教會。

湯顯森成為牧師後，也曾到紐約照顧美國的華人移民。「因為美國改變了移民政策，突然有一大群華人移民得不到照顧，聖公會就在紐約成立了牧區，我去照顧他們，成為第一任紐約市的主任牧師。」他在哈爾濱亦從事志願服務工作，他謙稱：「做志願服務只是環境向你招手，你作出回應。我妹妹在哈爾濱做傳道工作，我就幫助當地的教育局建學校，後來再建一間學校，由自己管理。」

其後他獲邀出任聖約翰學院的舍監，直至中英談判，他想到香港的問題牽涉政治和法律，就到劍橋大學修讀法律。「拔萃仔有一個缺點，就是工作久了，沒有新發展，就會覺得厭倦。讀法律令我對人生有新的體會，以前我很『離地』，做了律師後，不再『離地』了。」

湯顯森做過教師、校長、牧師和律師，社會經驗豐富，因此徐主教請他出任拔萃的校董。成為校董後，他組織拔萃的學生到四川做志願工作。雖然與學生直接接觸的機會不多，但是他很多朋友的兒子都在拔萃讀書，他會透過他們，間接了解拔萃的學生。他皺眉嘆息：「拔萃的學生一向很團結，不過聽說這次社會運動影響學生的團結，實在很可惜！以前我在拔萃真的很開心，高班和低班的同學都認識對方，像是大家庭。」

訪談來到尾聲，湯顯森笑說：「我相信問題永遠都問不完，你有問題稍後再問我吧，不然我開始累，就會亂答問題了。」離開前，我瞥見水杯上印有小孩的照片，猜想是他的孫兒，他展露燦爛的笑容，說：「對啊！是我的孫啊，他也在拔萃讀書，讀三年級。他也是足球隊隊長，剛剛帶領足球隊贏得冠軍，多威風啊！」

潤物細無聲——黃賢專訪

　　11 月初，約黃賢訪談，他爽快答應。但是因為社會運動，交通不便，訪談一再延期，直至 11 月尾才有機會見面。黃賢約我到灣仔一間會所餐廳，那裏環境寧靜，可眺望維多利亞港和香港摩天輪。訪談前，我先為會面延期致歉，穿着恤衫西褲的黃賢從容地說：「不要緊！」侍應端來一壺濃普洱，正要為黃賢斟茶，他說：「先放着。」聽黃賢細說經歷後，我更加明白茶葉和人生，也是要慢慢浸泡，才會飄香。

歷史的偶然

　　黃賢在 1956 年入讀拔萃小學，他形容報讀小拔，是「歷史的神奇故事」。「家人的朋友和我的契爺全都是讀喇沙的。小時候，媽媽帶我和哥哥到九龍塘的公園玩，有個外國女人在吃三文治，她跟媽媽說你的小孩要讀書了，並叫我們試試報讀小拔萃，我和哥哥就去考小拔。」而拔萃舊生的身份曾經引來笑話，「契爺生前是喇沙最早期的校友

之一，他的追悼
會要籌款給喇沙
基金會，我就捐
不出手了，大家
都笑我。」黃賢
哈哈地笑，説：
「歷史有很多偶
然」。

黃賢與校長 Mr Lowcock

而黃賢與校長 Mr Lowcock 的相遇，也是特別的偶然。
黃賢小四時，爸爸逝世，媽媽做記者，工作很忙，經常不
在家。1961 年，他到男拔升讀五年級，就和哥哥在男拔寄
宿。在開學前的星期六早上，喜歡跑步的黃賢，第一次來
到男拔的校園，看到偌大的操場，就在那裏跑步，然後在
榕樹下休息。那時，Mr Lowcock 走來，為他把脈，叫他繼
續跑。「當時我覺得很奇怪，他把脈後就走了。那時自己
很矮，覺得他很高。」兩天後開學，黃賢才知道原來這名
奇怪的男士，正是新上任的校長。

Mr Lowcock 的標記，是唇上的鬍鬚和飽滿的下巴，他

因而有「蝦餃佬」的花名。「他也知道這花名，當然我們不會在他面前叫，只是閒談時，被他聽見了。」而同學之間，也是以花名相稱。「在拔萃，花名可能比名字還重要。很多同學的名字，我們都不知道，只是叫花名。」

黃賢在男拔寄宿九年，「由五年級至 Upper Six 都住在學校，幾乎沒有人打破這紀錄」。他參加跑步、唱歌、話劇等多項課外活動，漸漸跟 Mr Lowcock 相熟，後來更有機會到訪 Mr Lowcock 的家。「我班放學後舉辦讀書會，但沒有地方，就到 Lowcock 家。他的家是開放的，可以隨時出入，看書，聽唱片。」不過，Mr Lowcock 不會參與讀書會，「他的特色是無必要時，不會參與，讓我們自己發揮，我們做不來，有時他會來執手尾，自主是他的管治方式。」

學生以外的職分

黃賢最欣賞 Mr Lowcock 信任學生。他讀 Upper Six 時，一位老師未能到校任教，Mr Lowcock 邀請修讀理科的他，教中四的歷史和 Lower Six 的經濟，他教了一個學期，才找到老師。他呷一口茶，謙稱成績不算很優異：「我未考過

第一，但歷史科成績挺好，教經濟是因為中四做過生意。」

黃賢曾與同學營運學校餐廳，「1967 年，承包學校餐廳的伙頭『打斧頭』，食物越來越差，寄宿生罷食一星期，校長查清楚後，立即解僱他。Lowcock 決定由罷食學生營運廚房，照顧近百名寄宿生的一日四餐，以及幾百名走讀生的午飯。我們由入貨、煮飯，訂菜單，全都一手包辦。起初覺得很有趣，還請法國老師做顧問，捱了兩個月，大家都累得不得了！」Mr Lowcock 肯定學生的努力，在交給校董的報告，也提到學生營運餐廳的來龍去脈。

作為 Boarders' Prefect，黃賢還有特別的任務。「1967 年左派暴動，有人四處放炸彈，我們 Boarders' Prefect 要半夜起床，巡視學校每一個角落，看看有沒有炸彈。」男拔的操場底下以前是日軍的軍火庫，曾經發生炸彈爆炸，一座山崩了一角，還導致傷亡，所以 Boarders' Prefect 檢查時格外認真。

Mr Lowcock 擔心暑假時學生在街上流連，會被炸彈所傷，決定開放校園，讓全校學生回校玩樂。黃賢擔心小食部未能應付需求，由於他有營運餐廳的經驗，Mr Lowcock 容讓他與十幾個寄宿生經營小食部。剛巧學校免費借場地

給邵氏拍青春片，電視台也按照黃賢畫的設計圖，幫學校訂做吧枱。

在膳食方面，黃賢和同學新增熱狗等菜式，「我們要自己買材料，訂貨取折扣。Lowcock 叫我穿校服，打領呔，去嘉頓（食品公司）見總經理，他很認真地問我要訂多少麵包，我說一星期大概兩包（一包六個）。」黃賢舉起兩隻手指，笑彎了腰。「當時沒有經驗，不知市場反應如何，擔心賣不完。但總經理請公司的律師為兩包麵包制訂合同，雙方都要簽名，這是我人生的第一次！」黃賢和我都忍不住笑。「當然那份合同是沒有法律效力的，因為我未成年。但我了解到法律程序，知道整個流程是這樣的。」原來這位總經理

黃賢與 Mr Lowcock

是男拔的校友，特意花時間讓師弟見識大場面。

不過，後來黃賢卻被送麵包的小子責罵了一頓，「他罵我向總經理訂貨，令他沒有佣金，他說平時即使訂幾千打，也不能見上層的總經理。我了解到社會是層層都要照顧到的。」後來，黃賢直接向送麵包的小子訂貨。「小食部營運了兩個月，賺了二十多元，我們把錢送給打雜的職工。沒有人能賺錢，學校還蝕了燈油火蠟。但社會作用很大，很多人回校，生意很好，很開心！後來 1968 年的暑假，我們再做一次。」營運學校餐廳和小食部的經驗，有助黃賢在 1975 年於 Baker & McKenzie 當實習律師時，處理香港有史以來最大宗的破產案（和記破產案），「因為同樣要處理 cash flow，做 stock take 和計數。」黃賢笑言經營小食部和餐廳要計算同學偷吃了多少食物，但是他沒有追究，他強調「又要認真，又要講人情」。

敢於求變

黃賢說：「拔萃的成功是多元化，校長在一定的空間內，會任由學生發揮。」

校徽的改變是一大變革，「1969 年，我讀 Lower Six，學校慶祝一百週年，Upper Six 那班決定改變校徽。以前的校徽是刺繡的，很貴，差不多等於一個月的學費。男仔一打架，撞一撞，鐵絲就凸出來，珠又掉下來。我哥哥是 Senior Prefect，他和 Second Prefect 將繁複的設計變得簡單，用化纖織校徽，價錢大約便宜八成。」他們做了三個大小和顏色深淺不同的校徽，黃賢建議由全校的老師、學生和職工投票，大家都很開心，他笑言這是「香港第一次普選」。

黃賢積極組織各項活動，獲 Mr Lowcock 選為 Boarders' Senior Prefect，他隨即向校長提倡改革，例如縮短午餐時間，讓學生提早放學。他強調：「關鍵是要給學生決定，而全校職工都可以投票。」另外，校方一向禁止學生攜帶象徵身份階級的物品，例如手錶、戒指和收音機等，亦禁止看漫畫和武俠小說，黃賢提議要因時制宜，作出解禁，「到 1969 年，收音機已經不是階級的象徵，要解禁。武俠小說如金庸的武俠小說、臥龍生的《仙鶴神針》、《Peanuts》漫畫，都要解禁。」他認為最大的變革，是在洗手間增設廁紙，因為「這不單是解禁，而是校方須要付錢」，雖然學校當時經濟不太好，但 Mr Lowcock 知道學生的需求很

大，先後在宿舍和學校的洗手間增設廁紙。

黃賢在爭取訴求的過程中，也曾觸怒 Mr Lowcock，但他強調「最重要是敢說應說的話」，「只要有道理，校長都會接受」。若然學生犯錯，也要接受懲罰。「學校最高的懲罰是打籐，體罰在拔萃是身份象徵，你未被體罰過，代表你未挑戰過規定，或者未冒過險，我們以打籐為榮！」黃賢坦言也曾被校長打籐，「但已忘了因為甚麼事，反正只是身份象徵。」他認為體罰也有「洗底」的意義，「即使你犯了最大的錯，打籐後，學校就不會有紀錄。學校不想同學怕檔案被『畫花』，就太過謹小慎微，甚麼都不敢做。」

拔萃的教育，擴闊了黃賢的眼界，亦培養了他敢作敢為的作風，令他在哈佛大學的面試中，脫穎而出。「當年美國有名的教授來香港面試，美國官方支持的教育機構、官員和教授一排人坐着面試，與見嘉頓的總經理差不多。」以往的經驗，令黃賢面對大場面也毫不怯場。他在面試時，敢於指正教授的話，令他成為當年唯一一位獲哈佛大學取錄的香港學生，並獲得全額獎學金。

　　黃賢在哈佛大學修讀生物工程，研究分子遺傳，也修讀歷史。「我每天要花二十小時在實驗室，當時保釣運動開始，我面對人生的抉擇：我應該留在實驗室，還是街頭？最後我放棄生物，選擇街頭，主修歷史。」1970年，他參與保衛釣魚台運動，1972年以保釣第一團的成員身份，回國參觀。畢業後，他修讀法律，成為博士（Juris Doctor）。1978年，黃賢應邀到北京外貿大學和北京大學法學院教授法律，並兼任多個政府部門的法律顧問。

　　「拔萃有個特色，就是要幫助弱者。當時北京處於文革後期，開明了一點，不過是弱者。1978年，北京準備開放，我就去幫助它。」黃賢一心幫助中國，卻在1982年，被控間諜罪，囚禁在秦城監獄。問他有沒有感到被背叛，他說：「如果單獨看這件事，就

黃賢、Mr Lowcock 、Rahman。在拔萃的訓練，讓同學無懼人生挑戰。

會這樣想，但如果你看整段歷史，就明白不是這樣發生才奇怪。知道歷史是怎樣發展，加上拔萃的訓練，就要想想如何打這場仗，運籌圖圍。」

獄中的生存之道

拔萃的教育，培養了黃賢的抗逆能力，他說：「拔萃是天掉下來都當沒事的。」他知道與獄吏對抗，只會有反效果，想起為嘉頓送麵包的小子，記起要與每一層的人混熟，於是坐牢後第一件事，就是與看守的士兵聊天。「他們只是十幾歲的小朋友，兩個小時輪一班，悶極了。我就與他們聊天，問他們住在哪裏，家鄉在哪。他們上班前，路過果園會偷水果給我，吃飯時又多拿些餸菜給我，他們說：『寧願扣江青的餸，都要多拿一些給你。』」傳聞江青的胸部和臀部是假的，我就問男兵，男兵就哄女兵說出真相，然後有一天，一群男兵走過來說：『真的！真的！』」黃賢就這樣建立了獄中友誼。

黃賢提到《魯賓遜漂流記》，說落難首先要做盤點，「盤點自己的優勢：誰會幫我？誰會害我？誰會怎樣幫我？誰

會怎樣害我？分析過後，我得出的結論是：我應該會贏的。」黃賢雖然被困，但仍然樂觀，還笑說：「在中國單獨被困，是身份的象徵。」

黃賢被困在四百呎的牢房，無法接觸外界的信息，只能看《人民日報》，監獄圖書館的科學書和幾本古代小說。但是他仍有方法分析形勢，「我會觀察審問我的人的反應和語氣，知道他在想甚麼，再調整方案。」他仍本着拔萃精神，據理力爭，「我發現隔壁的張春橋有書枱，我就投訴，過兩天就有書枱給我了。」

當年在拔萃談判的經歷，有助黃賢與中國政府談判。「拔萃一百週年，要請港督來參觀，我堅持拔萃的傳統，見先生後，就見學生，而不是只見先生就離開。我與港督府的副官談判，討論港督來時的儀式，堅持他要見學生。最後港督先在學校正門，與 Lowcock 和先生談十分鐘，然後走到新翼，我向他介紹 prefects。」

即使面對強權，黃賢仍無畏無懼。基於國際的壓力，1985 年，鄧小平宣佈黃賢假釋，但他不接受。「我說：『我不要，我要你認錯。』，令鄧小平很愕然。假釋是要開庭的，

他們突然把我由監獄綁架出來，叫我簽紙，我就寫『文責不符』。我反對，我要上訴。」他深知這樣假釋是非法的，「假釋有兩個條件，第一是認罪，第二是要服刑滿一半。但我未夠一半，更加不會認罪。」他托一托眼鏡，說：「我是教法律的，這些不合法的事，我不會做。如果我接受假釋，即是間接認罪，那麼我的學生、曾經與我一起辦事的官員都會受影響。」

黃賢為免連累他人，不願接受假釋，而在 1989 年，幫他翻案的人，正是他曾經幫過的人。「江澤民年輕起家時，我曾經受汪道涵所託，幫他處理一些很複雜而又很政治化的投資項目（第一個工業合資項目，外資是香港怡和牽頭的迅達電梯）。後來他做了總書記，很多領導都認為是時候解決這件事。」雖然黃賢的冤案獲平反，但他等到 1992 年，才決定回港。

薪火相傳

黃賢回港後，就去 Mr Lowcock 的家，他們天南地北，甚麼都談，但沒有提到這次冤獄，Mr Lowcock 也沒有提到

他在黃賢被囚時，給鄧小平寫過一封求情信。「很多同學追問 Lowcock 如何營救我，他說會寫信給鄧小平。」在 Mr Lowcock 回覆同學的傳真，還寫了 "I am doing all I can." 他在信中讚揚黃賢的才幹，情詞懇切地肯定他對中國的忠心，希望鄧小平會重審他的案件。後來，黃賢才從張灼祥校長口中得知 Mr Lowcock 寫過這封信。「Lowcock 就是這樣，幫助人不會講，沒有人知道他幫過多少人。曾經有同學買不起棺材，他就叫 senior 的同學籌款。」難怪黃賢形容 Mr Lowcock「潤物細無聲」。

Mr Lowcock 從他的導師（Mentor）Bishop Hall 身上，學會包容和幫助別人，黃賢又受到 Mr Lowcock 影響。「香港社會變革時，要成立很多學校給難民的子女，Bishop Hall 籌辦，請 Lowcock 幫忙，他成為很多學校的校監。聖公會取得土地建學校，很多拔萃的老師都幫忙教學和設計課程。幫助弱者是拔萃的傳統，要有同理心和同情心。」後來拔萃轉直資，為免拔萃變成貴族學校，黃賢向 Mr Lowcock 提議成立 S J Lowcock Foundation，資助家庭背景欠佳的學生。後來他發現學生不需要資助，就用來資助到海外升學的尖子。近年，黃賢亦組織拔萃的師弟，為

左起 Dr Pao、Mrs Pao、Mr Lowcock、Hanson、Steven、Desmond

新移民學童補習英文。

對黃賢來說，Mr Lowcock 的死，是很大的遺憾。「2011
年 Lowcock 生日，我約他過年後帶一本書給他，以及打算
告訴他 Foundation 的籌款結果：一個很喜歡 Lowcock 的校
友用一百萬，投標了他的酒。誰知，過年時他已經昏迷送
院。」餘暉的金光斜照在黃賢身上。他形容失去 Lowcock
是很大的損失：「他永遠是很穩定的力量，佔中時，我也
要翻出他當年六七暴動寫的觀點。他看事情的眼光，至今
仍然適用，就是不分你我，不要推卸責任，當權者要承認
暴動是制度製造出來的。」

　　黃賢曾撰寫文章 *Thank you Jimmy*，提到從 Mr Lowcock 身上，學習了積極的人生觀，發展了內在的力量，去打漂亮的仗。即使談到被囚的生活，黃賢依然在笑。在這次訪談中，他只皺過一次眉，就是在苦思與 Mr Lowcock 有多少張合照的時候。「我不喜歡拍照，他也不喜歡，讀拔萃時拍的照片很少，只有一張，不過只拍到我的背影。」黃賢笑說。

　　夕陽西下，維多利亞港的船隻慢慢靠岸，岸上的摩天輪開始緩緩轉動。Mr Lowcock 的教導，指引黃賢度過人生的高低起跌。Mr Lowcock 雖然別去，但黃賢說：「我們拔萃人不須要時常見面。」一切長存心中。

Mr Lowcock 與拔萃仔

慶幸能作拔萃人——方游專訪

聖誕過後，方游先生約我到九龍塘的會所西餐廳。他提早到達，點了一杯熱咖啡，慢慢品嚐。我到來時，他問我：「來這裏遠嗎？這個位置好嗎？要換位嗎？」我們走到較寧靜的一隅，他跟相熟的侍應開玩笑說：「我要做正經事，你別來騷擾我啊！」

方游回憶拔萃點滴

方游以前住在觀塘，在九龍城讀小學，1963 年參加小學會考，入讀拔萃男書院。「我首兩個志願填官立學校，第一志願是英皇書院，第二志願是伊利沙伯中學，但是都不獲取錄，反而第三志願的男拔萃取錄了我。拔萃當年有四班，有兩班來自小拔萃，在外面招收的學生不多，大概只有三、四十人。」雖然拔萃不是方游的首選，但是他很

喜歡學校的環境，「拔萃地方很大，很寧靜，是適合讀書的好地方。」

拔萃的難忘回憶

雖然方游獨個兒考入拔萃，沒有小學同學相伴，但是他很快適應了新環境，他說：「老師並不惡，會跟他們傾談。」其中一位令他難忘的老師是「短褲佬」，「他好像是教英文的，很風趣。在拔萃，每年聖誕前，學生都會叫老師請吃雪糕。當老師入課室，我們就會說：『我們要吃雪糕！』短褲佬從來都不會生氣，會與我們嘻嘻哈哈地談笑，跟我們談條件，最終都會請我們吃雪糕。他平易近人，很開朗，我對他的印象很深刻。」

拔萃的老師有很多花名，方游笑說：「有長衫佬、大山雞等，大山雞是一位外國女老師，這個花名未必很多人知。」而另一位令他印象深刻的老師是「棺材佬」，方游合起雙手，側着頭憶述：「教生物的棺材佬個子小小，面長長，不苟言笑，較為呆板，就像棺材板，所以我們叫他『棺材佬』。」

　　方游在拔萃讀書時有很多難忘的回憶，他笑説：「我也會做壞事，會被老師和領袖生懲罰。學校不准我們到後山，有時小息或中午休息時，我會與同學偷偷到後山『打啤牌』，那裏不屬於學校的範圍，『無王管』。但是 Prefect 在學校周邊，看見我們從後山走出來，就會捉我們，他們出現的時間很難預測。如果被發現，就要留堂抄校規。校規很長，抄一次都要半小時以上！」曾經聽拔萃舊生説過，有些學生會預先抄寫校規，然後賣給要罰抄的同學，方游説：「我沒有這樣的經歷，但也有類似的行為。當年我有一張平價午餐卡，叫 Lowcock's Lunch，貧苦的學生可以憑這張卡，在學校飯堂享用廉價的午餐。我曾經叫同學替我抄校規，然後請他吃廉價午餐。有時，我不喜歡當天的學校午餐，就會把午餐卡租給同學，自己出外買午餐。」

　　談到 Mr Lowcock，方游説：「我與校長交流的機會不多，只有三次，不過我沒有被他打籐。有兩次與校長交流，是因為我上課頑皮，被老師懲罰，要站在課室門外。當時校長經過，他問我們做了甚麼事。對我們來説，校長是很神聖的！我們不敢多説，只是會簡單告訴他，我們上課時做了一些壞事。第三次與他交談是中五會考後，我的會考

成績欠佳，只有中文和物理兩科考獲 C 級。校長會約見所有會考及格的同學，他問我：『你有甚麼長處？你想唸甚麼？』我說：『我不知道，我沒有甚麼長處，我只是想讀 Lower Six，然後到外國讀大學。』當時 Lower Six 有三班，分別是 Art、Science 和 General，通常讀 Lower Six General 的同學都是讀一年書後，出國考大學；而考香港的大學，就要讀兩年 Art 或者 Science。」結果方游不獲 Mr Lowcock 取錄，他皺着眉，神情凝重地説：「我很失望！不過這是意料中事，我一早知道成績不足以留在拔萃升學。」

雖然方游未能在拔萃升讀中六，但是他慶幸自己曾經是拔萃的學生，「拔萃那五年建立了我的自豪感，在一間好學校出來，就應該有好學校學生的氣質。以前我坐 1A 巴士上學，在太子道新法書院門外下車，新法的學生用十分羨慕的眼光望着拔萃的校徽，我覺得在拔萃讀書是一種榮譽。拔萃很自由，空間很大，戶內戶外都有足夠的空間，你可以進行很多活動，例如做運動、下棋等，只要不違反校規就可以。」

離開拔萃往外闖

在拔萃附近還有幾間學校，但是方游沒考慮報讀，以免遇見拔萃的同學，會感到尷尬，他說：「學校越遠越好。其實本來我打算不讀書了，但後來還是選擇多讀一年，稍後才決定去向。我到夜校讀中六，日間就在觀塘的電風扇廠做裝配工，由早上九時工作至傍晚六時，七時半就到夜校上課，有時晚飯只是買一個飯盒。」即使辛苦，他依然堅持半工讀，直至聽到朋友的建議。「我在電風扇廠工作了八個月，後來朋友告訴我，台灣的學校收生不如香港學校那般嚴格，建議我去台灣讀書，我就去考試，結果中原理工學院取錄了我，即是現時的中原大學。跟家人商量後，我決定不工作，專心讀書，就到台灣修讀化學。」

方游認為台灣的大學和拔萃有很大分別，「台灣的學校很注重學術，要求我們讀書一定要讀得好，甚少課外活動，不及拔萃那麼多元化。在拔萃，除了讀書，還可以參與很多活動。老師在推動學術之餘，還會讓學生作多方面學習，在課堂上跟我們談論香港社會的議題，上課的氣氛也較為輕鬆。而台灣的老師比較嚴肅，學生也不及拔萃的

同學活躍。」他笑説：「不過，始終大學跟中學不同，不用整天上課，有時間可以去台北旅遊，當時的台灣比現在樸實多了。」

在台灣讀書，還有香港學生無法體驗的經歷。「在台灣讀大學，必須服役。我讀大學一年級時，曾經當兵兩個半月，我們要跑步、練體能，進行實彈射擊等訓練，即使天氣寒冷，山上結冰，我們仍然要用冷水洗澡。這些軍事訓練磨煉我的毅力，對年輕人來說，是很難得的訓練。現時香港和中國的學生都未必有這經驗。」

大學畢業後，方游嘗試在台灣尋找合適的工作，但是不成功，「蹉跎了半年，到美國留學的大學同學寫信給我，建議我去美國進修。我別無他想，就申請到美國讀碩士，修讀工業工程（Industrial Engineering）。」畢業後，他到美國的 Delta Air Lines 工作，研究如何改善飛機的引擎。不過，他慨嘆：「亞洲人在美國工作困難重重，很難有升遷機會，在工作上很難突破自己，所以四個月後，我就離開了。」

方游離職後，與朋友在美國開餐館，「我在美國沒有

工作，也沒有錢創辦自己的企業，即使有，也不知道可以做甚麼。一個華人在美國，沒可能做參議員或立法會議員，我只可以做自己想發展而又能夠應付的工作。以前家庭環境欠佳，我讀大學時，每逢暑假或寒假都會在餐館工作，賺取學費，所以我選擇開餐館，一做就做了四年。」

在美國打拼了十年後，方游到台灣旅遊，認識了現時的太太，然後回港探望家人，參觀他們在深圳開設的工廠，這一次經歷改變了他往後的發展方向。「這間工廠是生產小型家庭電器的，我參觀後，覺得發展空間很大，但是廠房十分簡陋，有很多地方都需要改善。我與太太商量後，毅然回美國，把餐館轉讓給合作夥伴，然後收拾一切，返回香港。太太生孩子後，我隻身到大陸發展，用學到的知識來營運工廠。美國的系統和中國的系統不同，我要慢慢摸索。當時工廠的規模很小，只有二百多名員工，二十多年後的今日，員工增加至三千多人。」

他自豪地說：「我很幸運能從事這行業，在現今的時勢，只有這行業能勉強生存。製衣、造鞋、造玩具等行業太簡單，很容易被取代。造小型家電有其複雜性，要通過

安全檢查，不是很多人能夠做到，不容易被取代。」雖然
現時業務穩定發展，但方游仍會到印尼、越南，柬埔寨等
地參觀工廠，每星期都到自己的工廠視察，務求精益求精，
做到出類拔萃。

與拔萃再續前緣

中五畢業以來，方游沒有與拔萃的同學聯絡，直至後
來在不同場合偶遇學弟，才開始參與拔萃的活動。「大約
2000 年，我出席不同的聚會，在機緣巧合下，遇到拔萃的
學弟。他們很親切和活潑，邀請我參加學校的賣物會、音
樂會等活動，我再次活躍起來。在活動中，我重遇當年的
同學，還有機會認識其他校友。雖然現在的拔萃跟當年的
不同，不過這麼多年來，拔萃的學生都為學校感到驕傲。
我的兒子也是拔萃畢業的，他也為拔萃學生的身份而自
豪！」

兒子升小一時，方游特意為他報讀拔萃，「我希望兒
子能在拔萃學習，認識拔萃的老師和同學。拔萃除了校園
很大，學校的教學還會引發學生追求理想，積極競爭，從
中尋求樂趣。拔萃不只注重學術，還會透過課外活動，培

養學生的領導才能，增強我們的自信心，幫助我們融入社會。兒子會跟我提及在學校參加的活動，如賣物會、游泳比賽、校際運動比賽，朗誦比賽和音樂比賽等，我跟他說：『你很幸運，可以有爸爸當年沒有的機會！』」方游當年在學校只是參加象棋社，沒有加入校隊或代表學校參加比賽，相對而言，兒子的校園生活更加精彩。

方游畢業多年後仍會重返拔萃，他覺得學校跟以往相比，最不同的地方是增添了不少設備，「以前學校沒有游泳池，但現在有室內和室外游泳池，還有演奏廳。在校園裏，我最喜歡的地方是球場，以前我很喜歡在那裏跑步，自此培養了跑步的習慣，至今我依然時常跑步，我有健康的身體，都是因為拔萃有足夠的運動空間。」方游如今已經 68 歲，仍很感激母校當年的培育。

訪談完結，女待應前來，向方游推銷聖誕朱古力禮盒。雖然聖誕節已過，但是他二話不說，買下朱古力送給她，我想起盡力助人的拔萃精神。

慎言敏事為君子——葉漢強專訪

從沒到過男拔，這天下午，舊生兼體育老師葉漢強先生，約我在校園的游泳池面談，這才有機會到來走走。從喧鬧繁華的亞皆老街，轉入綠樹林蔭的清幽小路，在鳥鳴相伴下，不知不覺就來到中學部的校園。可是我找不到游泳池，剛巧有位男生在踱步，我便向他問路。他禮貌地問我：「你想到室外游泳池，還是室內游泳池？你是來接小朋友的家長嗎？一般都是在室內游泳池的。」我一邊翻查信息，一邊跟隨他往前走。來到室內游泳池，才發現應該是室外游泳池。他指示室外游泳池的方向，然後繼續為我領路，彷彿這是他的責任。

走到室外游泳池，穿着運動外套的葉漢強前來迎接，並詢問職員是否已經擺放桌椅。他領我到泳池旁，輕輕拉動白色的椅子，說：「你坐這邊吧，這裏的風景較美。」面前是清澈的池水，再遠一點，是一片草地，幾位男生在練習，這裏也曾是葉漢強揮灑汗水的地方。職員端上雅致的中式茶具，在裊裊茶煙中，葉漢強細訴他的黃金歲月。

　　葉漢強在華德學校就讀小學，1976 年 9 月，他升讀拔萃男書院。談到為何會選男拔，他笑說：「主要因為校名，未去過拔萃，但很喜歡校名，姐姐也說好，就填了第一志願。」入學後，他開始感到害怕：「當時的學制有三年制和五年制之分，根據升中試的成績決定，我是僅有幾個三年制的學生。中一有五班，兩班來自小拔，他們厲害得嚇人，英語水平很高。」

　　幸而，葉漢強在體育方面，能夠一展所長。中一時他參加多項體育活動，中二時，更入選泳隊、田徑隊、排球隊、乒乓球隊和羽毛球隊等七支校隊。他說：「很少人像我一樣參加多項體育活動，我從 9 月至 3 月，星期一至五都練習，考試前兩星期才溫習。那時希望老師可以美言幾句，中三後可以留在原校升學。」

　　因為體育練習，葉漢強與當時的校長 Mr Lowcock 開始熟稔。他轉身指向草地旁的建築，說：「以前校長住在後邊的屋，我們練習後會跑到他的家。他很好，總會叫工人預先斟水，放進雪櫃，等我們來喝。他也很喜歡田徑，會提着士的，坐在草地旁看我們練習。」葉漢強一邊說，

一邊站起來，弓着腰，模仿 Mr Lowcock 提着拐杖的模樣，還詳細描述拐杖的樣子。四十多年前的畫面，對葉漢強來說，還是歷歷在目。

中二那年，葉漢強因為參與了多項體育活動，拉傷了髖關節，連走路也痛。眼見學界比賽在即，他不免憂心。「校長見我無法練習，就知道我受傷了。他幫我按揉患處，叫我回家浸熱水。但是我當時住在樂富的徙置區，一層二十八戶，沒有獨立的廁所，無法熱敷。不過校長家中有浴缸，每當隊員練習時，校長就預備一大盆熱水，叫我浸二十至二十五分鐘，然後替我按揉，持續幾天，就康復了，下星期就能參加比賽。」後來葉漢強當體育老師時，也以校長教他的方法幫助學生，薪火相傳。

在學時，葉漢強和隊友時常練習至很晚，「有時老師會邀請我們整隊排球隊，到他家中留宿。如果他無法照顧我們，就叫我們到學校舊健身室的儲物室睡覺。我和同學輪流睡在儲物室的床，翌日直接上學。可是，後來副校長發現了，還罵了我們一頓。」

中五會考那年，葉漢強搬到荃灣的公屋，那時地鐵還

未開通，他經常遲到。校長知道他曾住在學校的儲物室，就邀請他到家中暫住。「那時校長與他的兩位外甥、三位師兄和我同住，有時會有年輕老師來住。早上工人會煮早餐，午餐也可以回去吃，一來省錢，二來節省時間，可以練習。我們吃晚飯時，校長不會吃，只會留起飯菜，把握時間跟我們聊天。我們吃飽後，他才會吃。他做甚麼都是為了別人，不為自己。」

葉漢強還提起 Mr Lowcock 一段鮮為人知的往事：「校長曾經有一輛電單車，但有次看見路人過馬路很慢，很想撞死他。他意識到自己的罪惡，覺得控制不到自己，翌日就把電單車送給別人，連車牌都報銷了。」難怪葉漢強一再強調，Mr Lowcock 為了別人，總會做一些令人意想不到的事。「校長以前有很多女朋友，但是他沒有結婚，他說自己照顧不了別人，不想成為負累，要別人照顧自己。」

Mr Lowcock 雖然說自己不懂照顧別人，但是他對同住學生的照顧，卻是無微不至的。「校長教導我們很多知識，甚至教我們在適當的時間，穿適當的衣服，要配搭顏色，不可撞色，還為我們作示範。當我們要外出，他會借領呔

給我們，教我們如何打呔。」葉漢強至今仍保存着校長的領呔。

葉漢強也從 Mr Lowcock 身上，學習田徑的訓練技巧。「中六那年，我做田徑隊隊長，體育老師要進修一年，校長找我訓練隊員。他建議我們每星期跑斜路和樓梯，然後記錄時間，全年跑得最快的同學，就得到獎杯。」為了提升擲項的成績，校長提議開辦訓練班教小學生。「而訓練中長跑，校長則教我取得各班同學跑一百米、二百米和社際比賽的成績，在他們上體育課時，叫他們『走堂』去受訓。」葉漢強笑着敲一敲桌面，示範如何叩門，向體育老師解釋。當年隊員取得優異的成績，葉漢強很有滿足感，而他也獲得香港最佳運動員。

可是，Mr Lowcock 在 1983 年提早退休，外界盛傳他因為患肝病而被迫退位。葉漢強指校長的確患有肝病，但澄清他離職只是退位讓賢。「當時校董會告訴校長，1997年到了，他們須要一個懂得中文的校長。雖然 Mr Lowcock 的廣東話了得，也喜歡背唐詩，但他不懂中文字，認為應該讓位給懂得中文的人。」葉漢強形容 Mr Lowcock 很勤力

和聰明，他跟隨父母來到香港，自小由母親教導，中四在男拔插班，兩年後考入香港大學，畢業後在男拔任教，再晉升為校長。葉漢強嘆息：「他退休時只有 52 歲，但只要對學校好的事，他就會做。」Mr Lowcock 就這樣離開服務了三十一年的母校。

退休，意味着 Mr Lowcock 要遷出宿舍。一向樂善好施的他，積蓄無多，幸而他多位契仔感恩圖報，幫助他另覓居所。當時校長在清水灣的新居價值 85 萬，三分一是校長的退休金，三分一是舊生會的捐款，另外三分一由校長的醫生契仔支付。「這位醫生唸中一時，爸爸不幸逝世，Mr Lowcock 幫助他完成中學，入讀大學。後來他成為心臟科醫生，經常探望校長。校長記性很好，總能說出舊生的名字和畢業年份，很多舊生都很喜歡他。而受過他恩惠的舊生，都回來報答他。」

當時葉漢強還在學，未能以金錢支持 Mr Lowcock，但他二話不說，就決定與校長和他的外甥同住。「別人常說我照顧校長，其實是校長在教導我。當年我考不上大學，自修後再考，會計考獲 A 級。嶺南大學的會計系取錄我，教育學院

也取錄我，我問校長應該怎麼選擇。」葉漢強模仿校長的語氣，複述他的回應：「你這麼喜歡運動，不要做會計，做會計經常坐着不動。你不如教書啦！教書也可以自修會計。」Mr Lowcock 一言驚醒夢中人，葉漢強決定入讀教育學院。「我的同學選擇教體育，是因為不用改簿，但我希望畢業後，可以繼續在運動方面發展，以我所學培訓學生！」

師範畢業後，葉漢強在沙田一所小學任教。該校的泳隊和田徑隊，經過一年訓練，終於在沙田區的比賽反敗為勝。「我在小學教了兩年，教得很開心，但男拔的田徑隊連續三年落敗，體育老師請我回校救亡，教授中長跑。」葉漢強返回母校後，積極訓練，田徑隊由二十多人，增加至五、六十人。其後他也重整泳隊，令男拔重奪全場總冠軍。即使比賽的形勢失利，他仍帶領泳隊沉着應戰，結果男拔從 1993 年起，連贏二十六年。葉漢強把自己的成就，歸功於 Mr Lowcock：「我的領導才能是校長培養的，是他教我如何帶領隊員。」

Mr Lowcock 是葉漢強的恩師，也是他的家人。他坦言與校長同住多年，有時也有爭執，「不過已經忘了因為甚

麼事」,他們就如沒有隔夜仇的父子。葉漢強結婚生子後,仍與 Mr Lowcock 同住,「太太也接受,因為是校長從小照顧我,校長亦很懂得遷就別人,他們的關係很好。他很疼愛我的兒子,視他們為自己的孫,兒子也叫他『爺爺』。兒子出生後,校長突然戒煙,他說:『免得你的兒子吸二手煙。』他總是為了別人,犧牲自己。」

葉漢強結婚生子後,仍與 Mr Lowcock 同住。

Mr Lowcock 退休後更重視健康,開始戒酒,每天去行山兩次。他比以前更精神,再沒有手震。葉漢強笑說:「他常說自己的耳珠很大,像佛祖,很有福氣。」沒料到,2012 年,Mr Lowcock 突然因為心肌梗塞而離世。葉漢強

嘆口氣，感觸地說：「直至現在我仍未能接受。年初二開年後，他還在後花園跟我們聊天，但年初三那天，他就不行了。他很想說話，卻無法說出口。一句話也沒跟我說，年初四中午就走了。從入院到離開，只是一天的事，真是很快！所以我到今天仍未能接受他這麼快死。他死時只有82歲，我們一家都捨不得他。」我們傷感沉默，入夜後天色變得陰沉，草地上的學生已經離開，只有樹上的蟬在鳴叫。

葉漢強一邊為我斟茶，一邊說：「Mr Lowcock影響我很深，也教我的兒子要向善，做個有用的人。令自己快樂，首先要幫助別人，能幫助社會，幫助別人，你的滿足感是最大的。」葉漢強看見我在昏暗中做筆記，就關切地問：「你看得見嗎？早知叫人開燈，辛苦你了！」我彷彿看見Mr Lowcock的影子。

縱然Mr Lowcock已離世七年，但葉漢強仍清楚記得往昔的快樂片段，「我的住所附近有片草地，校長喜歡拖着我的兒子到公園拍照，有時他在花園放個水池，與兒子游水和玩耍。」在特別的時刻，葉漢強仍覺得Mr Lowcock在他身邊，「他的簽名是SJ Lowcock，S、J和L是三棟，

好像『川』字。」葉漢強用手指凌空勾勒出校長的簽名,「現在每逢看見『111』,我都會想起他,例如 11 時 01 分,11 月 1 日。看見三個 1 字,我都會覺得校長還在。」葉漢強對 Mr Lowcock 的懷念,也蘊藏在兩個兒子的名字,「校長叫 Sydney James Lowcock,所以我的大兒子叫 Alvin James Yip,小兒子叫 Ryan James Yip,連身份證都是這樣寫。有些舊生直接把兒子命名為 James,以懷念校長。」

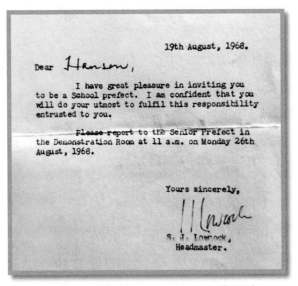

Mr Lowcock 的簽名是 S J L 三棟,像個「川」字

談到名字，想起 Mr Lowcock 也有中文名「郭慎墀」，就向葉漢強問個究竟。他說名字的緣起，就在他的辦公室。我跟隨他來到辦公室，他座椅後的水松板，緊緊釘着一張微黃的紙，上面寫着一副對聯「慎言敏事為君子，墀步香山念我師」。葉漢強解釋：「校長在 1956 年教中三幾何，一位學生寫了這副對聯給校長，然後抽取兩句的第一個字，

這對聯是「郭慎墀」名字的出處

念郭慎墀校長
憶於一九五六年錫年讀 Form 3C 時郭老師教幾何

慎言敏事為君子
墀步香山念我師

李錫年 敬撰 二零一九．廿九

作為校長的名字，因為他姓 Lowcock，所以姓郭。」我默唸這兩句，想起孔子所言：「君子食無求飽，居無求安，敏於事而慎於言，就有道而正焉，可謂好學也已」，這確是 Mr Lowcock 一生的寫照。

離開之時，天色已晚，路燈靜靜為學生引路。我相信 Mr Lowcock 也在默默守護他的學生，他的教誨仍會透過舊生，流傳後代，我又想起為我領路的男生。

五個訪問後記

鄭潔明

去年，張灼祥校長邀請我為他的新書撰寫訪談稿，我對拔萃的認識不深，擔心未能勝任。張校長說：「我與受訪者太熟了，由我訪問他們，不夠客觀。」後來，我看到拔萃學生報答校長 Mr Lowcock 的報道，深受感動，毅然接下重任，嘗試從旁觀者的角度出發，呈現拔萃生活的點滴。感謝張校長的信任，讓我有機會聽到一個個感人的故事！

感謝五位前輩坦誠分享他們克服困難的歷程，對校長和老師的感情，以及拔萃仔頑皮的一面！他們的分享互相補足，展現拔萃人不同的面貌。三位校長的形象鮮明活現：Goodban 嚴厲，卻又令學生信服；George She 寬容，盡力幫助學生；Lowcock 為人設想，引導學生發揮所長。

校長和老師的教導，幫助學生跨越重重難關，學生有能力時，盡力照顧師長，令他們安享晚年，流通的愛令人感動。難得的是，他們不單協助拔萃人，還關心社會，組

織師兄師弟，幫助其他有需要的人，男拔的助人精神在此
彰顯。

拔萃自由開放的風氣，令學生敢作敢為，勇於承擔。
他們面對困境時，堅毅沉着的態度也令我留下深刻印象。

Mr Lowcock 在校長屋

中國紳士的搖籃者——郭慎墀校長
S. J. Lowcock

梁志鏘

我從來沒有寫過紀念故人的文章，對郭慎墀校長認識也不算深，寫這一篇是我的榮幸，希望不負張灼祥校長所託。

郭慎墀校長有可能是影響我一生至深的長輩之一，究其原因，我認為是由於他自由開放的教育理念和行事為人的風範，在我事業發展及人生感悟中發揮了潛移默化的作用。郭慎墀校長相信全面的學校教育不只是「正規課程」，他在課外活動方面亦開創了許多想像不到的可能，充份給予學生多方面的發揮，因此我有機會學習揚琴、接觸國樂、然後到國外深造作曲，再回到香港教育大學任教，直至退休到現在我的人生下半場，仍然繼續上下求索，推動及創作中國音樂，追求畢生的理想。郭校長對幾代拔萃人的影響之大，我的際遇只是微不足道，算不上有任可代表性，因緣際會，純屬分享。

　　1960 年音樂科李國元老師邀請呂培源先生任琵琶導師，學生開始到呂先生府中學習，之後拔萃成立琵琶小組。1961 年郭慎墀校長上任，邀請呂培源先生及多位來自國內的音樂家到拔萃演出，受到師生熱烈歡迎，隨後招收學員，48 名學生報名學習各類樂器，包括笛、琵琶、二胡、揚琴、笙、三弦、古琴等，開始拔萃學生學習國樂的風氣。之後，拔萃成立國樂隊，郭校長多年後向黃樹堅（1978-1990 年中文科老師）憶述，國樂隊是經他開始的，作為一所香港的傳統英式學校，相信這是史無前例的。樂隊隨即參加香港校際音樂節中國音樂合奏比賽，演奏《金蛇狂舞》及《彩

學生細心聆聽呂培源先生演奏

雲追月》奪冠，翌年以《馬車夫之歌》成功衛冕。1964年，拔萃學兄何沃光創立的宏光國樂團（1962年成立），取得香港校際音樂節國樂合奏比賽冠軍，拔萃屈居亞軍，郭校長胸襟廣闊，認為宏光由拔萃人創辦，與有榮焉，欣然接受賽果。1965年，姚沛滔學兄代表宏光向校長提出借用拔萃禮堂排練，校長爽快答允，可見他對學生的無限支持及信任。何沃光寫：「宏光在進駐拔萃後大量招收和訓練新學員，取得突破性發展。」拔萃學生在此期間，再度燃點了國樂的薪火，開始隨宏光樂手學習樂器，後來延伸發展成拔萃學兄教授學弟的傳統，至郭校長退休多年仍行之有效。1966年，經學兄陳俠光及羅仲尹的努力，重組國樂班子，定名為「拔萃男書院國樂會」，正式成為拔萃學會之一。郭校長還撥出校長室樓下的中六課室作為國樂室，用作放置樂器，同時也成為國樂會成員聚首練琴、溫習、聊天的地方，凝聚同學間深厚的情誼。繼後在學兄彭泓基及李俊生的領導下，國樂會分別於1968及1969年重奪校際亞軍及冠軍寶座，奠定拔萃男書院國樂會日後發展的基礎，持續至今。

　　成立國樂隊並非完全偶然，郭校長上任之初曾表示，他很希望拔萃學生畢業後能夠成為「中國紳士」（Chinese

gentleman），服務及帶領社群（to serve and to lead），
可謂字字珠璣，擲地有聲，於我而言既深刻又震撼。首先，
當時香港是英國殖民地，1960年代充滿殖民色彩，「中國
紳士」的教學理念源於施玉麒及郭慎墀兩位校長對拔萃的
寄望，兩位教育家積極推動中華文化教育，令人敬佩。另
外「服務及帶領社群」是對拔萃人的殷切叮囑，先服務、
後帶領是以事奉為本，包涵無私奉獻、關懷社群的深邃意
義。除支持成立國樂隊，郭校長還邀請幾位拔萃舊生擔任
中文科老師（其中一位是大家熟悉的馮以浤老師），加強
拔萃學生的國學水平。可見，從理念到實踐，郭校長並非
空談，而是確實地培育香港下一代成為中國紳士。

　　1969年我通過升中試被派到拔萃，適逢拔萃慶祝建校
一百週年，國樂隊又剛拿了校際冠軍，尚未入學已有幸於香
港大會堂欣賞了拔萃男書院百週年紀念國樂演奏會，小小心
靈獲得了前所未有的啟廸。入學第一週，家兄梁志鏗（他是
拔萃國樂隊的琵琶成員）帶我參觀國樂室，讓我選擇喜歡學
習的樂器，我一看到外形優美如蝴蝶的揚琴便愛上了（後來
才知揚琴又名蝴蝶琴），家兄便請了他的學弟陳耀山教我揚
琴，多年承傳學兄教學弟的師徒關係，建立了深厚情誼，難

能可貴！自此，我便與中國音樂結下不解之緣。

　　1962 年郭校長支持成立了拔萃國樂隊，1965 年慷慨借場地予宏光國樂團排練，令兩個樂團茁壯成長，超越半個世紀。故事還沒有完，1973 年，家兄志鏗入讀香港大學，任香港大學學生會音樂社主席並成立香港大學國樂隊，當時有不少拔萃學兄參與其中，包括馮均南、夏剛權、鄧國鏘等（2015 年香港大學學生會中樂團創團音樂會，首任指揮司徒健也是拔萃校友）。1974 年我中學會考後，在家兄

拔萃國樂隊到西貢十四鄉演出服務鄉民

的鼓勵下，短短一個月成立了樂樂國樂團，並於香港大學陸佑堂首次亮相演出，音樂會後，香港大學校長黃麗松博士還親身到後台致謝，令我受寵若驚。當時樂樂成員大部份是拔萃同學[註1]，凝聚力強，單純音樂興趣為主，可算自得其樂。隨後幾年，因為缺乏固定的排練場地，先後借用過香港大學、聯合音樂院、銀禧中學（黎澤倫校長推薦下借用的）、慕光英文書院和觀塘社區服務中心，但都只能短暫停留，最初一班雄心壯志的成員相繼離開。1976 年 9 月，宏光撤離拔萃，我當時想，宏光剛剛離開不久，樂樂能借用拔萃的機會可算微乎其微，但眼看樂樂面臨解散，我還是硬着頭皮向郭校長提出請求，出乎意料之外，他竟然無條件一口答允！在校長的支持下，樂樂於 1977 年終於有了固定的排練場地，可以在母校發展至 2016 年，成就了近四十年難忘的音樂旅程，實在感恩。

往事如煙堪回首，樂樂成立之初，要賣獎券籌募經費，一天我因事到校長室見郭校長，談不到一分鐘，他見我手上拿着一疊獎券，即說：「不要支吾以對了，想我幫你買獎券？」隨手便拿走獎券，數一數，在錢包掏出二百元塞給我，我給嚇呆了（當時二百元是個不小的數目！），有

點不知所措，尷尬地說了聲謝謝便半逃跑式走了，也忘了入校長室的原因。學兄李俊生寫：「Lowcock 是有心人，默默扶植中樂發展……以當時一間中學二十餘人樂隊來說，我們走過的足跡，演奏服務的方式，隊員投入的程度，已是難能可貴。」與我同屆的黃樹堅寫：「校長久不久就在國樂隊練習的時候進禮堂聽我們排練。偶然會批評一下我們的表現，足見他是真心支持國樂的。」學弟陳慶恩（香港大學音樂系教授，我和他是最早主修音樂的拔萃國樂人）認為校長很支持學生的藝術發展，他憶述：「讀預科的兩年，校長讓我每月到學校會計部支取固定金額的零用錢，資助我在校外學習音樂。多年後，我才發現零用錢原來是從校長的薪金中扣除的。」畢業後，郭校長仍然關心他的發展，不時寫信恭賀他在學業及事業上的成就。怪不得馮以浤老師在懷念郭慎墀校長的悼詞上寫道：「他對學生的關懷和愛護，深深地感染了我，成為了我日後在教育崗位上的指路明燈。」又道：「他的收入，差不多全都用在學生身上。」

　　郭校長自由開放的教育理念成就了不同天賦人才的發展，包括不受重視的中國音樂，在六、七十年代國樂還沒有任可發展潛力的當年（專業的香港中樂團到 1978 年才成

立），他從不吝嗇、也沒有計算地給予學生機會，我與陳慶恩都是他關懷支持下成長的拔萃人，我倆之後，先後有二十多位學習中樂的學弟[註2]投身音樂行業，包括創作、演奏及教學，部份更打響名堂，在不同音樂領域發揮專長。郭校長在他任內，除了支持拔萃國樂會的成立，還直接或間接支持了三個由拔萃舊生創辦的樂團，包括宏光國樂團（何沃光1962）、香港大學學生會國樂團（梁志鏗1973）及樂樂國樂團（梁志鏹／創團指揮1974）。隨後拔萃校友成立的中樂組織還有澳門中樂團（黃健偉／音樂總監兼指揮1987）、多倫多中樂團（姚木興[註3]1993）、中樂友（趙慶中2011）、薈萃國樂會（千禧拔萃校友[註4]2011）、香港大學學生會中樂團（司徒健／指揮2015重組）、拔萃男書院舊生中樂團（歷屆拔萃校友[註5]2017）等等，跨越半世紀，滋潤着香港、澳門甚至多倫多華人的中華文化生活，在服務及帶領社群起着關鍵性的影響。

若果沒有郭校長的鼓勵支持，沒有李國元老師、呂培源先生的孜孜教導，就沒有國樂隊，學兄教學弟的薪火亦不可能相傳，也沒有宏光國樂團、樂樂國樂團及其他中樂組織的長足發展，環環相扣。我認為郭校長教育理念不單

培育了不少中國紳士，他在香港的中樂發展史上也作出了貢獻。十年樹木，百年樹人，期盼郭校長的理念能成就更多舉足輕重的中國紳士，帶領中國音樂進入第三個千禧年代，連綿不絕，發揚光大。

年代久遠，有很多事情都變得模糊，除參考拔萃校友的一些文獻，我盡力接觸多位校友求證，務使資料正確。在此，特別多謝馮以浤、何沃光、李俊生、梁志鏗、黃樹堅、陳慶恩、朱建文、彭偉倫等校友。

拔萃及宏光參與樂樂成立四十週年音樂會演出

梁志鏘與校友黃心浩
及劉梓熙同台演出

參考文獻

朱建文主編（2016），《拔萃國樂會五十五週年紀念特刊》，拔萃男書院國樂會出版，香港。

李俊生、李美潔、林靜萍、文潤儀編（2012），《溯本尋音半紀情 宏光國樂國五十週年特刊》，宏光國樂團有限公司出版，香港。

拔萃九三屆編輯委員會編（2019），《拔萃山人誌》卷一〈樂道安常〉，3space Ltd 出版，香港。

馮以浤（2015），《小河淌水 退休教師憶流年》，青田教育中心出版，香港。

Fung, Y.W. & Chan-Yeung, M.W.M.（2009）. To Serve and to Lead: A History of the Diocesan Boys' School Hong Kong. Hong Kong University Press, Hong Kong.

Huang, H.（18 February 2012）. Obituary: Jimmy Lowcock（2012）. Retrieved on 21 February 2020 from https://hanson-huang.wordpress.com/2012/02/18/obituary-jimmy-lowcock/

Huang, H.（15 November 2019）. DBS at 150. Retrieved on 21 February 2020 from https://hansonhuang.wordpress.com/2019/11/15/dbs-at-150/

Smyly, W.（September 2008）. History and Records of the Diocesan Boys' School, vol. 1 & 3. Unpublished manuscript stored in the Hong Kong Records Office, Hong Kong.

註 1 創團演出成員眾多，未能盡錄，印象中的拔萃校友包括伍錦雄、黃志剛、盧烱坤、姚木興、張傑靈、馮通、余國敬、盧烱鏗、潘錫光、黃建偉、李英偉等三十餘人。

註 2 黃建偉（二胡）、于逸堯（琵琶）、葉劍豪（揚琴）、張顯斌（二胡）、賴應斌（揚琴）、周振聲（揚琴）、謝子聰（敲擊）、冼宏基（敲擊）、胡晉僖（嗩吶）、彭偉倫（琵琶）、司徒健（二胡）、馬太初（二胡）、鄭浩筠（笙）、朱芸編（二胡）、張朗軒（敲擊）、周子樂（敲擊）、左啓希（革胡）、黃心浩（高胡）、梁家洛（琵琶）、吳燊熙（中阮）、黃熙喆（革胡）、蕭俊賢（揚琴）、蔡暐彥（嗩吶）等。

註 3 姚木興為創團成員，1996-2013 任該團主席，現任主席楊瑋庭也是拔萃舊牛。

註 4 創團成員：張宇軒、萬匯一、譚博威、鄧璟浩、張子聰、吳日勤、彭偉倫、施明俊、劉宗浩、羅宜峻、鄭浩筠。

註 5 2013 年梁志鏘發起成立拔萃男書院舊生中樂團，2014 年 2 月黃馳維、朱建文、關文威、施明俊響應，並召開第一次會議，舊生中樂團於 2014 年「拔萃男書院回家音樂會」首次亮相，2016 年舉行「拔萃國樂 55 周年音樂會」，馮康任籌委會主席。

霄雲哥在男拔萃的日子

霄雲哥

筆者於 1972 年 9 月入讀拔萃男書院，到 1978 年 7 月離校。以下是筆者這六年在學校生活中一些鮮為人知的點滴，內裏涉及的人物因私隱問題亦都需要保密，也就讓筆者盡量用人物的暱稱來描述他們與筆者的交往。

筆者由拔萃小學升讀中一，因此，筆者是不用花太多時間結識新朋友，和適應新環境，因本身小拔已有八十多個同學一起升上男拔。筆者被編入「沙展」社，也就這樣開始了我的中學生涯。

「老柴周」是筆者中一的班主任。對這位老師的印象不深，只記得他當時已是一個弱不禁風，白髮蒼蒼的老人家。他好像是教英史的，傳說中他曾是我國一個網球高手甚或代表，是耶非耶那就不得而知了。

中二可說是筆者啟蒙的一年。相信是因為在多位「啟蒙」老師，如「康老雞」、「娥媚張」、「短褲佬」等老

師的影響下，課堂變得極度沉悶。筆者與一眾同學便發掘了各種各樣的課外讀物，如《尤物》、《花花公子》、《龍虎豹》，《東方馬經》等等。筆者也初次體驗到賭馬及贏錢的經驗。此外，還在書桌下「操啤」……「廿一點」，「十三章」等應有盡有。

在同一年，男拔來了一些師範大學的女學生在學校當實習老師。不知怎的，這些女生都是樣貌娟好，也都成為一眾情竇初開的同學傾慕的對象。與此同時，有一位名為「荷蘭豆」的老師也明顯有同樣的想法。輾轉之間他也二話不說地奪取了一位黎姓女生的芳心，也都留低了數十顆中二生破碎的心。數十年後，他們的愛情結晶品也長大成人，成為了一位香港人所熟悉的黃絲女歌手。除了此「惡行」之外，荷蘭豆本身也是一位「寸爆」的老師，同學們大都對他的所作所為敢怒而不敢言。筆者有天行經正門

1973 年 中二尹子健（左）
現居阿特蘭大；郭恩明（中）
現居紐約市

迴旋處，見到荷蘭豆停泊着的藍色跑車，周邊地上滿佈了樹上跌落的橡子，就靈機一動，看到周圍沒有人，便拾起兩顆橡子，把他們塞進跑車的死氣喉裏，作為對荷蘭豆惡行的「懲罰」。話說轉眼三十多年後，於 77 屆的三十週年晚宴中，筆者和荷蘭豆說起此事，原來他仍然耿耿於懷，在緝兇中呢！

「山雞」是一位出了名嚴苛的英文老師。在筆者中四那年有天下山吃午飯，因為遲了一點兒吃罷，又剛好在山腳看到一輛運送雪糕的「牛奶公司」貨車，便二話不說，跳上了車尾踏腳板，一於乘搭順風雪糕車上學去。正當覺得自己智勇雙全之際，筆者忽然看到背後原來是山雞駕着她的車子尾隨上來。雪糕車到達小食部後，筆者便一躍而下，打了筋斗，山雞的車已在筆者面前停下了！筆者心想這次死定了，但不知是否校規並沒有明文規定學生不可乘搭順風車上學，或是山雞覺得筆者這個做法太有創意了，竟然只是責罵了筆者數句便了事！

說到在男拔的點滴，也不可不提提當年的校長「蝦餃」了。

　　相信很多人都知道蝦餃是一位前衛自由派的師長。中六那年因筆者活躍於很多校內外活動，也就成為了其中一位常常在他家中流連的學生了。蝦餃酷愛杯中物，筆者相信自己就是在蝦餃的薰陶之下，不知不覺地對這些「社交禮儀」感到好奇，並開始深入了解及認識了。

　　男拔的確是一個大染缸。筆者深信其他師兄師弟在拔萃的日子裏，或多或少都會有雷同的經歷。筆者也藉這次分享，將自己親身的見聞記錄下來，並希望能博得讀者一笑而已。

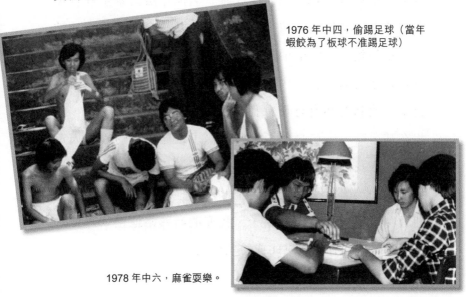

1976 年中四，偷踢足球（當年蝦餃為了板球不准踢足球）

1978 年中六，麻雀耍樂。

緣——Mr Lowcock 與我

梁永寧

人與人之間的緣份真的是無從解釋,古語云:白首如新,傾蓋如故。也許便是解釋人與人間有否緣份的緣故罷。

我從小學一年級在培正就讀,至 1958 年五年級時父母安排我考拔萃男書院。在考入學試前,母親每天在我放學後都從培正載我到拔萃,讓我跟一名高年級的學生補習英文。當車駛過那長長彎彎的路上到拔萃校舍時,我不禁被那古雅的校舍、綠油油的大操場深深吸引着了。補習的地方是在學校的圖書館內進行,上課時偶爾也有學生和老師進來,他們大都沒有理會我和我的補習老師。有一天,當我在補習時,一名高個子、唇上長了兩撇鬍子的外國人走進來,跟我的補習老師用英語交談了三兩分鐘。說真的,我那時的英語水平很低,完全聽不懂他們說甚麼。日後的補習課也不時遇上這小鬍子,我亦開始熟絡地主動向他打個招呼,他亦有向我點頭或扮個鬼臉。

梁永寧與 Mr Lowcock

讀完了培正五年級，我幸運地考進了拔萃入讀五年班（當年由中文學校轉去英文學校常會留一年以便能打好英文基礎）。在校內不期然地再遇上了小鬍子。他原來是學校的老師兼 Sports Master Mr S.J. Lowcock（中文名字郭慎墀），後來我亦知道他的花名叫蝦餃佬（因為他唇上的兩撇小鬍子）。

在拔萃讀書是我夢寐以求的，在操場踢球、跑步，在體育館旁的小山爬樹，到石花園水池看魚，都令我開心不已。但一直以來，我都未有機會上過 Mr Lowcock 的課，不過在課後活動中卻常跟他遇上，更在一些田徑練習中被他喝斥：「加油，不要放棄！」感覺上他似對我這小子特別關顧！

由小學五年級至中四這六年期間我是非常享受拔萃的

學習環境及開明的教學風氣。到中二當 Mr George She 退休時，小鬍子老師 Mr Lowcock 便接任成為了校長。當時學校已有相當的規模，小學兩級加上中學七級學生總計有上千人罷。但 Mr Lowcock 卻有無比的記憶力，能把數不盡的學生名字一一地叫出來，當然能跑，能跳，游泳健將們更是不用說了，Mr Lowcock 連他們的參賽紀錄時間都能娓娓道出，直叫我們有點懷疑他是否在見我們前先翻閱各學生的資料。

拔萃學生當年每人都有一本手冊（Blue Book）。這手冊主要是紀錄了學生由進校至離校期內的學習成績及老師對學生的評語。Mr Lowcock 從來未有教過我，但卻連續三年（由我 F.2 至 F.4 他任校長期間）都罕有地在我的手冊上批上「未盡其力」似是暗示我的成績未符理想（當年校長很少有在個別學生的手冊內提評語）。我自問讀書表現只屬一般，體育亦只是人到我到，並不突出，亦非校隊骨幹，但卻得到校長的注意及關懷，實是令我感到十分出奇。但對他給我的評語亦令我氣餒，因為每次都換來了父親一頓大罵！直至我年紀較長及到了美國讀大學後，我才領略到校長的用心良苦，以「未盡全力」來暗示我有潛能應可做

得更好，給我勉勵。

1964年中四時我父親覺得我到美國讀中學會有較好機會進入美國的有名大學，於是託人向美國領事館查問並得到了在加州兩所有名氣私立中學的資料，並為我辦申請入學手續。這兩所學校是：

Menlo School, Atherton California. 位於 Bay Area near San Francisco。

Robert Louis Stevenson School, Pebble Beach, neighboring Carmel, California. 離 San Francisco 足三小時車程。

當時上述兩所學校都把入學試卷寄到拔萃男書院並委託校方作為監考，我考美國學校的消息自然被校長知悉。

未幾，兩所學校都傳來好消息，他們都收錄了我。當我跟父親研究選擇往哪一家較好時，我從朱健漢同學口中知悉他亦被 Menlo 收錄並準備前往升學，在有熟人在該校加上 Menlo 亦近 San Francisco，我便毫不猶豫地選了 Menlo School。

1964年7月在拔萃讀完了中四便飛往美國加州 Menlo

School 升學，至 1965 年暑假時回港返回拔萃探訪校長、老師和同學。當會見 Mr Lowcock 時他很高興地問我：「寧仔，Carmel 怎麼樣了？」我當時回答：「我有一個週末去了一次，風景很美！」校長聽了，面色一沉，倏地從椅上站了起來，瞪着眼問我：「你不是在 Carmel 的 Robert Louis Stevenson School 讀書嗎？」我感覺到了有點兒不對勁，但仍得答他：「我沒有選 Robert Louis Stevenson，我選了 Menlo。」校長像洩了氣的皮球，一下子坐回椅子上。「寧仔，你可知道我為了你特地 took a side trip to Carmel to check on Robert Louis Stevenson and recommended you to the school？ 宜家你就去咗第間學校讀！」我真的有點啞口無言。事前我並不知校長會飛去美國為眾拔萃學生考察升學的途徑，更不知曉他會刻意為我去了那偏僻的地方探索學校的底蘊及推薦我入讀。問題是校長在為我做了那麼多的事後我卻竟然一無所知！

事隔多年，在一偶然場合我從友輩中聽到 Mr Lowcock 曾在 1964 年去了 Carmel 附近一位舊生家留宿一宵，並在翌日一早前往 Robert Louis Stevenson School 拜訪。很明顯校長是專程為我去了解這學校的了！現在想起來，心裏

實是感動，亦不明白為何校長會對我如斯關懷備至！

後來我考入了 Stanford University，暑期回港告知了校長這消息，他聽後沒有說甚麼，但面上卻流露出了難以形容的喜悅及欣慰。一時間我們二人都像心有靈犀般明白對方所想：

我心裏想：蝦餃你想不到我這一般般的學生竟然也考進了美國頂尖的大學罷！

校長心想：我終也沒有看錯了你，「未盡全力」的小夥子終於發力了。

畢業後回到香港工作亦常有回校探訪校長，心裏老是銘記着他對我的關懷。直至校長退休至晚年時我仍常有跟他交往。而校長在離世前的聚會中仍常常對我提起當年事：「寧仔，你當日細細個時……」我接口回應：「Jimmy，你我都已鬢髮斑白，怎麼仍說我細細個時呢？」想到這裏，校長不覺已離世多年了，在拔萃的兒時舊事，一一湧上心頭。難道這便是緣嗎？

學校小食部的老柴

陳永裕

我在 2015 年同學畢業五十週年紀念冊中寫了一首「詠老柴」打油詩，敘述一名在拔萃男書院小食部工作老員工的工作情況及描寫他本人的個性，頗能引起共鳴。此打油詩對在 1955 年至 1980 年曾在拔萃讀書的同學也許都會勾起一點兒時回憶。老柴（至今仍未找到任何拔萃紀錄知道他姓甚名誰）的工作期估計應由 1950 年至 1980（？）年。我的兄長在 1953 年在拔萃讀小學時已認識老柴。同學們但知叫他老柴而不知其名。當年小食部全部只有兩名員工，除老柴外，另一名員工，同學們都只冠以花名「鄧寄塵」而不知其姓名（皆因其貌有三兩分似當年的鄧寄塵）。

主人翁老柴夏天長期只穿一件洗得灰白的汗衫（見附圖），冬天則在外加上一件毛衣，數十年不變。他平日絕無笑容，對學生們甚至有點兒晦氣（當年飲汽水要用兩毛錢按樽，還樽時老柴只收回樽，拋出兩毛錢，眼不望人。有時有同學還兩三個空樽時老柴會抱着懷疑態度凝視，恐

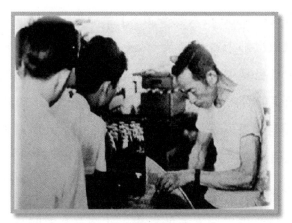

小食部的老柴

怕空樽是由他檔內偷出再交回騙錢）。

　　老柴的拿手好戲是做出全校學生都嘆為觀止的絕薄午餐肉或雞蛋三文治，每件總厚度不超過 7 毫米（絕無誇張）。當年每件售價一毫。拔萃當年早上大約 11 時有十五分鐘的長小息，學生在發育時期都蜂擁到小食部爭購食物，把大約 300 呎的小食部擠得水洩不通。這時老柴和鄧寄塵便會做到氣咳，學生往往食十件超薄三文治都不夠喉，但礙於阮囊羞澀，大部份人都只能吃兩三件，另加一杯一毛錢的老柴秘製檸檬水（可樂三毛錢太貴！）已屬極佳享受。

　　由我在 1960 年入拔萃讀 F.1 至離校七年期間，出入小食部無數次都未曾見老柴一笑。同學們都覺他無情，但如今我輩皆已鬚髮俱白，久歷風霜，對世間事物都能有較深及多角度的看法及分析，便感覺到當年（1950-1960 年代）老柴可能有很多不足為外人道之困苦，每天面對生活的壓力，又何來歡笑呢？

　　打油詩的總結句——「今日你叫我老柴，他朝爾輩亦如斯」是我借用金文泰的對聯：「今夕吾軀歸故土，他朝君體也相同」演變而成。同窗們對終結句感受良多，但見鏡中添白雪，時光飛逝，俱成老柴，回縈往事，無限唏噓。

　　我上述原文及「老柴打油詩」兄可隨意轉載，好讓其他年畢業的拔萃同窗或你的讀者都可了解一下當年拔萃校內一名不起眼但卻無人不識的人。

附錄：

　　拔萃男校小食部，同學心中地位高
　　店賣汽水與食物，兼售校呔練習簿

　　店務繁忙人亦老，打點出奇地周到
　　老柴加上鄧寄塵，人手似乎剛剛好

　　長響鐘聲在晨早，學生同時齊殺到
　　七手八臂兩員工，老柴做到嘔白泡

　　雞蛋餐肉三文治，老柴做得最本事
　　每日出產千百件，件件輕薄如白紙

　　錢少一蛋一餐肉，錢多食到好舒服
　　再加一杯檸檬水，如斯享受殊不俗

　　老柴在校年資高，敬業樂業日日操
　　在職長達廿多年，任勞任怨少嚕囌

　　平日極少有笑容，誰知背後苦與窮
　　但求把工作做好，懶計此生窮或通

　　姓甚名誰無人知，嬉笑怒罵當你癡
　　今日你叫我老柴，他朝爾輩亦如斯

打籐

翻看舊生集體回憶錄，其中一篇說的是校長打學生趣事。那些年，小學五六年級的學生都在中學校舍上課。換句話說，校長對中學生可以體罰、打籐，對小五小六學生，一視同仁，小學生犯了錯，來到校長室，照打可也。

校長有他一套打籐哲學：學生犯了錯，老師着他到校長室受罰，學生不用解釋甚麼，不要對校長說自己是冤枉的，因為這樣解釋，說來說去，沒完沒了。在校長室，面對校長，學生有一個選擇：打手掌，還是打屁股。打過後，所犯過錯一筆勾銷。打籐不會記錄在案的。

一位唸小學五年級的學生，一向愛在課堂談話，老師罰他抄寫「我不要在上課時談話」。要抄寫次數太多了。那天晚上，全家總動員，幫手抄寫。

這一趟，老師在堂上，稱讚這位同學作文寫得出色，值得嘉許。着他拿着作文簿去見校長（這位同學是校長的侄兒），讓校長欣賞一下他寫的文章。

Mr Lowcock 昔日會親自為中五學生貼上畢業生照片，下排右二是中五時的張灼祥。

Mr Lowcock 在2002 返回男拔，在他用過的籐條上簽名。其後有舊生在學校籌款活動用二十萬買下藤條，再送回學校，存放在學校博物館。（旁觀者張灼祥）

小學生拿着作文簿，滿心歡喜去見校長。入得門來，校長見到他，說：「我不要聽你的解釋。Bend over。」

打屁股，打了四籐。

負責撰寫校長回憶錄的那位外籍老師，事隔多年，已沒有機會問問那位同學：「這樣的被校長不問緣由，打了四籐，會不會感到不開心呢？」

DBS Cricket Team

Stanley Fong

Stanley Fong, second row second from right

DBS cricket team circa 1976, soccer was not encouraged but rather cricket was played, we had a dedicated pitch in the middle of our field and hosted league matches with clubs like KCC, CCC, etc.

DBSAC
The Chairman's Message

Alex Ko

Every 50 years have a convenient arbitrariness and mark an important watershed halfway through a century. DBS is leaping forward to reach its third

50 year milestone this year as one of the oldest schools in Hong Kong founded in 1869. The history of DBS transcending two centuries could be generally classied into a dichotomy of a pre-war phase of survival and development and a post-war phase of building, consolidating and passing on its proud heritage.

The long history of DBS has endowed the school with a fathomless quarry; steeped in the Christian faith, morality,

principle and courage.

DBSAC, founded by the seventh headmaster, Mr S.J. Lowcock is celebrating a major landmark of the 50th Anniversary since its inception in 1969.

School life at DBS is very much in-uenced by what a current headmaster does, his vision and policy. History reveals that we could have a thorough understanding of the legacy of a headmaster until years after his departure. To understand the present and anticipate the future, one would better be prepared to learn from the past. One must know not merely what took place but more specically why it took place in that particular time and manner.

Sentiments that seem common now can speak volumes to later generations once our time has passed. Many of us remember our beloved Mr Lowcock and recognise his astounding contribution and dedication to DBS during his 30 years of service.

Mr Lowcock was a personable, calm and kind person. He loved humanities and exhibited his artistry in story telling. His fables were often soul-searching, humanizing and inspirational. They provided a compendium of great stories which pummelled some contemporary sensibilities as being old fashioned, maybe even corny and funny.

His liberal teaching principles allowed students to question if they wish. More importantly, he led them to decide on their own. The fond memories and association with Mr Lowcock always knit a colourful tapestry of events and friendship. His love for and loyalty to the boys were legendary. He showed us the essence of morals and virtues and how to uphold the high standards of these values.

His advice and guidance on how to identify an individual's interest from one's inner self and act to pursue one's interest had long lasting impacts on his students. His education philosophy was very liberal and broad-based; a harmonious balance between the two branches of education, music for the soul and sports for the body. He promoted and encouraged students to take part in all kinds of extra-curricular activities as part of character training and development. Mr Lowcock was undoubtedly the quintessential gure of our time. He instilled a collective spirit in "The pursuit of Excellence", refashioned the school as a sports titan and music giant, the two marble temples that epitomize the DBS spirit.

DBSAC move towards its first 50-year milestone, we, as its custodian should continue to preserve the spirit of pursuing excellence, the ideals and heritage we hold so dear.

Mr Lowcock and his track-and field

S. J. Lowcock the Headmaster we knew

—W. J. Smyly

Sydney James Lowcock was born on 11th December 1930. He was headmaster for 23 years (1961 to 1983). Mr William Smyly conducted a series of interviews with Mr

Lowcock in 1991, in which the following speech by Mr Lowcock, made on 26 January 1991, was included:

Lowcock speaking: "30 Years ago, Hong Kong was a fiercely competitive society where the gap between the Haves and the Have Nots was so great that one had to grab what one could when one could.

"It was a Free-For-All, Everybody-For-Himself, Couldn't t-Care-Less-For-Anyone-Else, Let's-Get-Rich-Quick community.

"Parents in those days would stop at nothing to ensure that their child got into a prestigious school through which this child, they hoped, could land a lucrative job offering high pay and get ahead of others in the rat race for wealth and status.

"Needless to say the pressure imposed on the child was very great. This state of affairs did not stop after gaining entry to the schools. The pressure had to be kept up in order to ensure that the child's place in the school remained secure. So the parents continued to nag and threaten the child throughout his school life.

"Today, 30 years later, Hong Kong has become much more affluent. The Have Nots are no longer so badly off and there is education for all, but our society - this has stood firm against change and has not progressed one iota.

"*This is still an Everybody-For-Himself, Devil-Take-the-Hindmost, Get-Rich-Quick community.*

"Parents who were on the receiving end 30 years ago

still stop at nothing to get their child into so-called good schools. They continue to nag and threaten and pressure their child just as they themselves were nagged, threatened and pressured. This does not say much for the educators of the last 30 years and their visionary ideals, does it?

"But we are gathered here this evening not to bemoan these dismal views of our community as a whole. We are here to reflect on what was happening in this one particular school pitched in the midst of this rather fearsome environment.

"Thirty years ago, a rather eccentric young man with a uniquely caustic sense of humour took over this school as its headmaster. At his very first Speech Day he berated the state of affairs which was prevalent in society at the time. He concluded that one of the most harmful effects coming out of this merciless competitiveness was that it instilled FEAR in its individual members - fear of being trodden on, fear of being left behind, fear of being left out altogether

and abandoned. This fear permeated into the schools, he said, and students became suspicious of one another, held on jealously to what they had, refusing to share any of it and where getting ahead of one's classmates was the be-all and end-all of being at school.

"Most (boys) enslaved themselves to this competition and allowed themselves no time to become educated. They ended up becoming drab little old men. He was not having any of that in this school. He declared: "I am determined to remove this fear and relax our boys back to the happy youths that they are entitled to be." And Boy - did he succeed !

"Within a few short years the boys had no fear. They were not afraid of anything or anyone. They certainly were not afraid of him or his teachers. They weren't even afraid of their prefects! And the school became an on-going carnival. The boys were so happy at school that they loved coming to school even if they loved missing lessons more.

Extra-curricular activities multiplied and blossomed and the school remained buzzing with industry way after the last lesson and into the evening.

"Then came the great drought of 1963 when water was rationed at a mug per person per day and this happy go lucky school was put to the test. The boys sailed into it with a sense of humour and came out of it with flying colours and without so much as a complaint. And the headmaster thought that that was good. "The boys had confidence and were adaptable".

"Right from the beginning of his administration this headmaster had devised a system of education by crisis. This meant confronting the boys with crisis after crisis in order to sharpen their wits and keep them sharp. He gave the boys the minimum of time to put together dramatic and other projects in school and committed them to one massive production after another at the City Hall. And in the field of sports he challenged them to a higher and higher degree of achievement. If they succeeded, all was well. But if they should fall flat on their faces then they would learn. But the boys seemed to be able to pull off most of what they were put to do. And the headmaster thought that was good. "The boys not only had confidence, but were also versatile and efficient."

"Throughout this period the headmaster was never under any delusion that below this surface of peace and joy there were no evil schemes bubbling here and there. No community of boys could survive without its fair share of rascals and potential wrong doers and so he gave vent to the notion that if boys should harbour thoughts of evil deeds then for goodness sake they should be encouraged to come out with them while they were still at school where they would be punished for their mistakes and would learn from them. So the boys became mischievous and misbehaved without inhibition. This was a challenge to the prefects and the teachers and brought out the cane in the headmaster's office.

"Few boys reacted to punishment by caning with resentment, knowing somehow that no hatred came with that cane. Anger maybe, but never hatred. Notwithstanding this, boys quite naturally tried their utmost to avoid this punishment. They really stretched their imaginations and became, perhaps, the best excuse-makers in Hong Kong. Seldom was a boy caught doing something wrong, without his coming back at lightning speed with an excuse which was often original but seldom credible. So it seems that beside all the other qualities, the boys were imaginative as well.

"Loyalty to the school and to one another was running high and all seemed to be well when without warning came the violent upheaval of 1967. All that had been achieved seemed to be endangered and the school's loyalty was severely tested.

"But once again the boys reacted calmly, standing quietly but firmly on the side of Law and Order and

against Violence and Destruction, and waited out the turmoil. By the time Speech Day came around that year, the headmaster was able to report in his speech with these words:

"Yes, I am justifiably proud of the way in which this school stood up to the test of danger and despair. Staff and boys alike remained calm and kept level heads. Above all the boys kept open minds, reading, watching events, and evaluating the different views."

"BUT," he went on, *"the fact that a small group could create such chaos and violence out of what must be a fearsome reservoir of hatred was a judgment passed on our entire community."*

And he ended his speech with the appeal:

"It now remains to be seen whether the lesson has been learned and whether we will begin to build a society wherein all may have a sense of belonging and unrestricted access to the sources of self-respect."

"After these events the school sobered somewhat and the community appeared to take heed of the warning. A new Governor arrived in 1971 and immediately put into action a rapid succession of massive social programmes. Housing sprouted up everywhere on land and even on what used to be the sea. Workers wages increased and Prosperity, this time for more than just a few, returned to Hong Kong. A policy of education-for-all was to be devised and pressure groups sprang up. Industrialists wanted skilled workers. The Commercial Sector wanted accountants and computer operators. And Politicians wanted equal opportunity for all with the emphasis on EQUAL. And the "Education Action Group", a political group of self appointed people who claimed to be Educationists, demanded among other things that the old prestigious schools should be taken down a peg by forcing them to take their share of less able students. The inevitable lowering of standards in these schools would, they claimed, enable all to cope. What, they asked, was the worth of equal opportunities if some of these opportunities

were placed beyond the ability of most to attain.

"The Educationists then put their heads together and began to draft a Course of Development. And in order to partly satisfy all demands came up with a scheme which would have ended with Schooling for All and Education for None.

"So much for Equality for Equality's Sake.

"Ironically this, by then not so young headmaster, who together with his staff and boys had warded off crisis after crisis with not so much as a flinch, found himself overwhelmed by the very reforms he so fervently called for back in 1968 after the social unrest. He could live with his personal aversion to the curtailing of the humanities in order to make room for technical and commercial subjects in the curriculum. He could even cope with mixed abilities in the student body. After all this school had always had a wide range of ability drawn from every level in the community. What confounded him was the rather large group of boys who had been allocated to the school by a computer, selected at random by geographical zone, who did not want to come to this school in the first place.

"Those among these who were intelligent enough, or who were gifted in one of the many activities available, integrated well enough. But that still left a good proportion who remained bewildered and lost. Loyalty to the school and the sense of belonging just were not there. They came as a Number on a computer Print Out and remained as a Number. Running the school was no longer any fun.

"This, together with the accumulation of stress brought on by the sharing of the problems of all who came to him, repressed over the years, began to affect that headmaster. The strain of office began to manifest itself in a myriad of unseemly symptoms and he aged rapidly. A visit to consultants in London confirmed his specialist's diagnosis and he was advised to leave his job or he would slowly but surely die. But he did not take heed of this advice and

struggled on taking his "medicine" regularly - perhaps more readily than he should. But by 1983 it was very clear to him and obvious to others who knew him well that the doctors were right. He was going to pieces, over the hill, and sliding down fast. And so, he took a deep breath, picked himself up long enough to hand in his resignation, and walked away from the school as gracefully as he was able to.

"Don't worry. This is not the end of the story. I won't leave you on such a sad note. Or with a sentence ending with a preposition !

"Today, seven years after the event, I hear that that headmaster is not dead after all. In fact, I am told, he is bouncing with health, looking ten years younger, and that his nerve and wit have returned sharper and even more caustic than ever.

"And what of the school ? It has retained its confidence, adaptability and versatility and is healthier and better than ever. It has excelled itself academically and in the field of Music and Public Speaking, and in the field of Sports it has maintained a standard of excellence and has even diversified its talents.

"Furthermore the climate in the educational community is eventually swinging back towards re-installing Quality in Education.

"All this should leave us with little doubt that there is no other way for this school to go but from Strength to Strength.

"God bless us all !"

Lowcock's belief in Sin, Atonement and the Cane

Lowcock believed in Sin, and in Atonement, and in the cane. He claims to have been converted during a visit to Communist China when he saw the effects of non punishment. Policemen and indoctrinated small boys of Communist evangelistic temperament would stop offenders on the street to lecture them on the ills of spitting or dropping cigarette ash as they walked. If the offender apologized humbly he was made to repeat the confession to passers-by who would then be called on to make tedious speeches about the offence. The culprit might be delayed an hour before a sufficient sense of his own guilt had been achieved, and then he was allowed to go, feeling angry and humiliated. And there were some people, not only in China, who thought that schools should be disciplined on the same system. At DBS, it is explained to somewhat sceptical small boys who might prefer to feel guilty if they were given the choice, that a few strokes of the Headmaster's cane will wash them whiter than snow. By virtue of the cane all previous sins are immediately blotted out. So it had become customary for all boys sent to the Headmaster's office during lessons to be caned, by their own choice on hand or bottom, but they are begged by the Headmaster not to explain why they have been sent to him or what they have done wrong. This way they atone for whatever it is they are being punished for and save the headmaster the need to make a pointless little sermon, and their sin really is forgotten because it was never known.

And so it happened that in Primary 5 Mrs Lundlack was so pleased with one little boy's homework, a story he had written, that she said "You must go and show this to the headmaster." The little boy happened to be Mr Lowcock's nephew and appeared with his exercise book at the door. "Oh dear," said Mr Lowcock, "not again". Jeffrey was a habitual talker-in-class and had once been given by the music teacher 5,000 lines, a punishment which

his mother took so seriously that the whole family, father mother and sister, were all sat down at table and made to write, "I MUST NOT TALK IN CLASS". His uncle said to him, "I don't want to know what you did", unable to imagine what kind of sin had so upset the motherly Mrs Lundlack. "I will give you four strokes and then it will all be forgotten. Bend over."

When a rather serious little boy returned to his classroom, Mrs Lundlack looked up brightly, "Was he pleased?" "No", said Jeffrey. "He caned me!" There was a squawk of astonished indignation and Mrs Lundlack took off at an enormous gallop to end a system of punishment of which Mr Lowcock had, till then, been rather proud.

Jimmy Lowcock—the teacher who affected me most at DBS

David Sung

Jimmy Lowcock was a consummate educator. He was a mentor to me, as he was to many students. He was also a very good friend.

I joined the boarding school at the start of Lower 6. One of the privileges of being a senior boarder was to have the opportunity to visit the Headmaster's house, especially during weekends and sometimes after dinnertime. I began to admire the setting and the "culture" of his home - the furniture, the paintings on the walls, the books, his collection of whiskies and LP records. I enjoyed the classical and jazz music flowing out from his huge electrostatic speakers. I began to chat with him freely, ending up feeling intrigued by how he could easily read people's mind, and the way he dealt with any crisis. I listened with admiration

to his stories which were imbibed with philosophy, and yet so original. I and the other boarders enjoyed our time with him, sitting at his balcony under the stars.

One incident during that year has been etched in my memory forever. It is fair to say that it was a life-changing event for me, and it made it possible for me to pursue the career that I desired. At the time, one of our classmates, the late Victor Yeung Chan Hung, was suffering from recurrent hip pain. Jimmy took him, together with a few boys, to seek treatment from an acupuncturist. But as soon as the needles pierced into Yeung's thighs, I began to feel dizzy and passed out almost immediately.

I had been planning to pursue a career in medicine, but after that incident at the acupuncturist, I began to have doubts. How can one finish medical school and become a doctor if he cannot stand the sight of blood, or even the sight of needles meeting flesh?

Then one evening shortly thereafter, Jimmy took me

to a corner of his room at the Headmaster's house, sat me on the floor, grabbed a razor blade, and directed me to cut into the back of his hands and fingers. I was shocked. I just could not do it. How can anyone deliberately cut and hurt another person, especially when that person is his school Headmaster? I withdrew instantly. But he took my hands and guided me to cut across his hands and fingers, urging me to make a few extra attempts, until he was satisfied. And then, as blood came oozing out of the cuts, he said to me gently, "That wasn't so bad, was it? You didn't faint!"

That event shaped and changed my life. He cured my doubts and fears and I became a doctor, even performing surgery. And I have deep admiration for a Headmaster who would suffer the pain of having himself cut until he bleeds, in order to help his students succeed.

The doctors visiting their mentor, Mr Lowcock, 2005.
From left : David Sung, Peter Kwok, Mr Lowcock, Peter Kosolcharoen

The Chicken Hawk

S. J. Lowcock

The chicken hawk lived in a nest perched high among the rocks on top of a mountain. Early each morning, he would fly down to the valley below where there was a chicken farm. He would hover around until he spotted a stray chick. He would then zoom down, snatch it up and carry it home.

As he grew older he found the weight of the chicks increasingly difficult to bear. What is more, what with feathers and bones - not to speak of the bits that inevitably slipped off into cracks between the rocks as he tore away at the carcass - he reckoned he was consuming less than half the load he carried home.

One night, an idea came to him: "Why not steal eggs instead of chicks?" he asked himself. "I could hatch them myself and when they come out I could eat the whole chick before it develops feathers."

The next night, he carried out the first part of his plan. He flew down to the farm and stealthily stole one egg at a time. It was a risky business. He had to sneak into the chicken pen and quietly remove an egg without waking the hens. By morning, he had made five trips and had amassed five eggs in the nest.

For the next month, he sat on them at night to keep them warm and went about his business as usual during the day. Finally one day, the eggs cracked and out came the chicks. The hawk was horrified at what he saw. He had never seen new-born chicks before — they were dripping with slime, had big heads, long slender necks and were extremely skinny. "How can I possibly eat such a thing?" he exclaimed to himself. He then decided that he had to feed them up a little to make them more meaty and appetising.

During the following weeks he brought home worms for the chicks to eat. Each evening, when he was returning to the nest he could hear the chicks chirping. They had their

little heads turned skywards waiting anxiously to be fed. Without admitting it to himself, the hawk for the first time felt wanted, needed and loved. They depended on him and it gave him a good feeling. He concluded, "I cannot devour these chicks, they are mine and I am theirs!"

There was only one way open to him. He had to teach them how to fend for themselves. He began by teaching them how to fly. They were willing and keen learners but their wings were simply too small to carry their body weight. He then taught them how to tear with their beaks, but their beaks were just too short.

After weeks of trying, he was forced to make the heartrending decision to return them to the farm where they belonged. It was a difficult decision to make. Further more, if he was seen returning chicks to the farm, he would be laughed out of the area. Despite this he took off early that night with the first chick. Ironically, he found it much heavier to carry than the chicks he used to steal from the farm. Nevertheless, he tolerated the physical fatigue and flew up and down the valley five times. By morning all five chicks were deposited in the yard of the farm.

Despite his utter exhaustion, the hawk hovered over the farm to watch over his chicks. When dawn broke, the hens and the roosters came out with their chicks. The hens pecked away and fed their young. The five chicks, hungry, turned their heads skywards and chirped away. The hens noticed this and called the roosters together. "They may look like us but they are not, you know," they said to one another. "They may be intruders in disguise. Anyway, we cannot take the risk." After a brief conference they turned on the five chicks and pecked them to death.

The hawk watched with a broken heart but there was nothing he could do. He flew home slowly, weeping.

A farmer on his way up the mountain suddenly felt a drop of water falling on his forehead. He said to himself, "Strange! the sky is clear with only one hawk flying about and yet I swear I felt a drop of rain."

第三章

人和事

　　起初以為可以「回到過去」，寫那年代的人和事，結果發覺要追憶從前，十分不易，我們的記憶力，沒想像的好，還有，我講當年的校園生活，可以寫多少字呢？

　　結果還是用寫第一本書《拔萃十二年的日子》所用過的方法。找來我在「面對面」專欄對談過的人物，讓他們講屬於自己的故事，像同級同學廖柏偉，由他來談「未來基金」；找來葉傑全，談「一台舊車床」起家的故事。多年後，葉傑全捐款給學校，建了一個音樂廳。

　　兩位大學校長，港大的 Prof Peter Mathieson，中大的沈祖堯，皆有值得我們學習的地方。我喜歡文學、文化，找來我們那一代的文化人，聽聽他們的心底話。

　　還有年輕一代的小畫家劉見之，第一本書是由他畫插圖的，第二輯不用麻煩他了，但他為我畫的人像，仍是我的至愛。

馮以浤：五十年美好歲月

到「雋悅」（Tanner Hill）見馮以浤前一天，馮老師傳來他的大作：《生活在火紅時代的明原堂》，他着我先行看一遍，見面時，便不愁沒話題。這書寫明原堂流金歲月文章，幾年前已看過了，那是馮老師八十大壽送給大家的禮物《小河淌水──退休教師憶流年》，回憶錄第七章，講的正是明原堂當年的人和事。

要見馮老師了，又有堂友給我惡補歷史：明原堂由三個宿舍組成，1913 年建成盧迦堂、1914 年儀禮堂、1915年梅堂。盧迦堂 1992 年拆除，其餘的兩堂，2018 年成法定古蹟。

明原堂有此對聯：「明眼有滄浪，憑欄欲共鯤鵬起，原心皆坦蕩，對客何妨門闥開。」

那可是態度開放，有容乃大的人生取向。

喝過茶，吃過點心後，馮老師閒話當年，談及明原堂的日子。馮老師讓我先看 1969 年 2 月 9 日宿舍開幕典禮，

嘉賓合照那張珍貴照片。照片中央是馮老師和港大校長 Kenneth Robinson。左起第一人為陳鑛安（港大農業專家，其後引進「嘉美雞」）、黃兆傑（日後港大翻譯系教授）、John Bayley，牛津大學文學教授、Iris Murdoch 的丈夫、Iris Murdoch（小說家）。

馮老師細說從前：「開幕前，我的舍監宿舍，大是夠大了，但裏面的擺設十分簡陋。校長 Robinson 來過一趟，已見改善。後來經我與管業處負責人 Stan Collins 多次『交手』，他竟然『言聽計從』了。」

是怎麼一回事呢。馮老師說：「這個 Stan Collins，他的性格，有點像日本人，你本領比他高，他就服你。我們都愛閒暇活動，他愛踢足球（我沒有跟他比試過，不知誰的球技好些），但在乒乓球、橋牌、棋藝，他都是我手下敗將，因此他對我『刮目相看』，然後就『言聽計從』了。」

往後日子，宿舍想加添甚麼，問 Stan Collins，差不多是有求必應。

說起宿舍趣事，宿生把舍監的小房車搬上石級（據說其他大學宿舍，也有類似「壯舉」），馮老師笑着說：「不

1969 年 2 月 9 日明原堂開幕禮，出席嘉賓（由左至右）：陳鑛安、黃兆傑、John Bayley、馮以浤、Kenneth Robinson、Iris Murdoch。

能生氣，發火的。」宿生不過是考考舍監的駕駛技術罷了。

後記

　　回去翻看馮老師的著作，序言有這幾句：「希望《小河淌水》帶出的是一份『寧靜而致遠，淡泊以明志』的心態，展示的是一些『自立立人，自達達人』的行為。」

　　港大明原堂的日子，有開心，有不開心的，隔了那麼多年，都變得甜美起來了。

葉傑全：一台舊車床的故事

2017 年 11 月 8 日晚，在會展，KC 葉傑全博士與到來祝賀他的朋友，談笑風生，顯得份外開心。一個小時後，KC 接過特首林鄭月娥遞過來的「2017 傑出工業家獎」，笑得更從容自在了。六十年的努力，得到工業界的肯定，此榮譽，得來不易。都説「十年辛苦不尋常」，何況是五個、六個十年呢。

台上的 KC 在笑，台下 KC 的妻子葉太也在笑，是一起分享這甜美的成果。KC 在致謝辭提到與他同甘共苦的妻子，葉太臉上滿是笑意。

隔了一個星期，與 KC、葉太飲茶。KC 笑着説：「當晚我的講辭只説到一半，台下有人向我打手勢，Time's up，要我盡快結束講話。我只得臨時爆肚，説林鄭是寧波人，我也是。寧波女子，肯捱，吃得苦，肯拼搏。特首如是，我的母親也一樣。」

KC 説他一生中有兩位女性，對他影響至深：「一位是我母親，一位是我的妻子。」

「我 13 歲從寧波移居香港，當機器學徒。17 歲滿師，當機器技工。23 歲創業。母親代我儲了五年的老婆本，我用來買了第一台舊車床，開始我的創業大計。」

「老婆本有多少呀？你的未過門妻子肯麼？」忍不住問 KC。

「那時，一台舊車床要港幣一千二百元。我問過當時的女友（現在的葉太）：你可以等我麼？」

事隔多年，葉太聽到 KC 這樣話當年，回憶從前，笑了。

KC 繼續「爆」他的戀愛史：「我的 better half 是由表嫂介紹的。我們拍拖，是得到母親同意的。」

「那時我們最喜歡坐登山纜車上太平山，在山頂行一個圈，十分寫意。我們也愛到『兵頭花園』（現為香港動植物公園）拍照，談未來大計。」

起初 KC 預計用兩年時間，才可「搵返」老婆本的．「打算拍拖兩年，才結婚的。那一台車床買得合時，替客人做玩具模及塑膠花模具，生意很好，應接不暇。很快就歸本了。」

KC「轉數」快:「趁着香港電子業開始蓬勃,就轉型生產與電子產品有關的金屬及塑膠配件。」

KC 又去學英文:「方便與老外交流技術問題。」

與時並進的 KC,七十年代中「做自己產品——多士爐」。「又把新的設計申請專利,以保障我們的成果。」

談到香港工業發展,KC 如數家珍:「從五十年代的紡織、搪瓷、絲綢,至六十年代的假髮、玩具、製衣至六十年代的電子業,以至八十年代,香港出現勞工短缺,廠家北移國內。香港已變成研發的基地和集團的總部。」

有幾句話,KC 在典禮中沒時間説出來,他把講稿遞給我:「面對龐大實力的對手,我們的工業只能趕快創新,無論在產品或生產技術製程等都要創新。」

「當然,能發展自己的品牌,這會是一個長遠的出路。」這位擁有自己品牌,「香港通用製造廠」創辦人如是説。

後記

近十年前的事了，KC 出席香港理工大學一個大閘蟹晚宴（該是籌款晚宴吧），KC 吃了兩隻蟹，捐了三千萬給理大。問 KC：「要是你吃了四隻，要翻倍了。」

KC 笑着回應：「就算多吃一隻、兩隻蟹，捐款仍會是一樣的。」

何福仁：悅讀西西

與何福仁不常見面，這一趟與他到當年我們愛去聊天的咖啡室。既是敘舊，也是想與他談談，由他主催而成事的《西西研究資料》。

仁送來的《西西研究資料》，一套共四冊的精裝本，過百萬字數。由何福仁、王家琪、甘玉貞、陳燕遐、趙曉彤、樊善標六個人（學者、博士研究生、編輯、作家）用了四年時間，把有關香港作家西西的資料，梳理出一個有系統、可讀性極高的「作品」來。説是「作品」，因為資料輯錄了中港台、海外學者、作家對西西作品的看法，更有西西接受訪問的對話、得獎感言。

第一冊〈西西傳略〉有這幾句：「西西六十年來的文學歷程，觀人審事，充滿智慧與卓識，一直保持赤子之心，淡泊恬適，並不喧嘩。」認識西西的朋友，都會同意，「説得真好，這就是西西。」

仁説：「香港研究其他作家的資料，結集成書的可有

不少，獨欠西西的。我覺得該趁着我有氣有力，去編一套西西研究。」

仁坐言起行，找來兩位博士研究生，幫手找資料，有資深編輯，一起策劃整個 project，然後有學者加入：「起初以為資料研究，五十萬字，夠出上下兩冊。沒想到經過分門別類，把研究西西的資料梳理出來後，竟有百萬字。要分四冊出書了。」

「我們去找寫西西的作家、學者，得到他們同意，用他們的文章，又得解決版權問題，都是 tedious 的工作。幸而我們這一 team 人，做起事來，十分認真。過程辛苦，卻沒有半點怨言。」

這樣龐大的「工程」，不是由大學，或文化機構在有足夠資源（人力、物力）的情況下進行，而是由「民間」組織去完成，可不簡單。仁說：「做下去，才知道：這是接近不可能做得到的。」

仁說：「我們六個人不常見面，但工作分配得好。透過 Email，討論怎樣把研究資料整理出來。學術與趣味並重，裏面刊登的，盡都是可讀的好文章。」

　　一眾作家寫西西，下筆不見沉重，是與西西作品遙遙呼應了。

後記

　　何福仁與西西的對話，題材多樣，有談足球、狂歡節、複調小說。結集成書有《時間的話題》。仁說：「年底會出另一本對話集，這次是《科幻對話》，講的是科幻小說、科幻電影。」

　　西西的右手，手術後已不能拿起筆來書寫了。她在接受「文學獎」時，說：「我們活到某個時期，就會失去這個，失去那個，不必介懷。」

　　西西又說：「今天天氣很好，待會兒，你去做你高興做的事，我去做我高興做的事。」

西西和何福仁

陳美齡：陪着孩子成長的母親

2016 年 10 月 19 日，本該到港大明華堂聽陳美齡 Agnes 講《如何培養出色的孩子》，其中有半個小時對談，既可以與 Agnes 探討她教育兒子心得（Agnes 的兒子，先後入讀史丹福 Stanford University），也可以挑戰一下她的想法。見 Agnes 前一個晚上，看了虎媽 Amy Chua 的《虎媽之歌》（Battle Hymn of the Tiger Mother）。Amy 與 Agnes 的教導女兒與兒子方法儘管不同，但她們同樣培育出知書識禮的女兒（Amy 有兩個女兒），滿有自信的男孩（Agnes 有三個兒子）。

負責人告訴我：「座位 300，報名 400，打個八折，該會是座無虛設。講座晚上六時至八時。想與美齡面對面對談，你得五時到港大。」

一場黑雨在黃昏前到來，講座取消，與 Agnes 在出版社會客室見面，傾談了近兩個小時，Agnes 說起話來，聲音是輕柔的，卻毫不含糊。多年前，仍在唸書的 Agnes 吟唱 Joni Mitchell 的 Lyrics《The Circle Game》，Agnes 的清純

歌聲，細説夢想，那是可能的，不是遙不可及的。

問 Agnes：「你親手帶大三名男孩，一個已夠辛苦了，你湊大三個呀，不會覺得疲累麼？」

Agnes 笑着回應：「我喜歡呀。我愛我的孩子（他們也很愛我呀），湊孩子，當然辛苦，但看着他們健康成長，其間他們帶給我的快樂、滿足，很實在呢。我所付出的心血，都是值得的。」

散文家冰心歌頌母愛偉大，女兒問母親：為甚麼你愛我？冰心母親的回應：「不為甚麼，只因你是我的女兒。」Agnes 的兒子不用問，他們都知道：Agnes 透過實際行動，流露出她的愛：恒久忍耐的。

「讓孩子在遊戲中學習，覺得好玩，是很重要的。讓孩子有自發性去學習，不用迫他們，該引導，啟發他們喜歡學習，從學習中得到滿足，快樂。我的三個孩子皆有自信心，別人某方面比他們優勝，他們會覺得好，甚至肯去學習別人的長處，而不會自卑，他們不會因技不如人而不開心。」

Agnes 說一個人快樂與否,與他的人生觀有關。孩子都是在快樂中成長,皆因他們有 Agnes 這樣的母親,肯與孩子一起分享成長的喜悅。

「其實我對孩子是有要求的,就是不能撒謊。湊第一個孩子,我比較辛苦。有一次他的測驗成績不好,不敢把試卷拿給我看。結果那張 70 分的試卷給我在書包底收到了。我與孩子講道理,用了八個小時,說服了他。」

難得的是這麼「冗長」的「說教」,Agnes 的孩子(大兒、二兒及小兒都領教過了)都沒有抗拒。是 Agnes「說教」本領高超,而她的兒子,都肯受教。在孩子成長期間,Agnes 多用鼓勵,少見責備。Agnes 說她的孩子肯與她一起從學習中得到無窮無盡的樂趣。Agnes 說:「有時,孩子給我的答案,比我自己所想的,還要好。孩子說的:『快樂』,它一直在那裏,不會失去的。」

後記

Agnes 說她一直想一個人去一次旅行:「大仔請我去了一趟美食之旅,坐開篷車從阿姆斯特丹到瑞士。三仔與我

去布拉格、布達佩斯。二仔的音樂之旅、藝術之旅仍未展開呢。」

看來 Agnes 還得等些時，才可展開她的個人之旅了。

《Circle Game》有這兩句：

There' ll be new dreams

May be better dreams and plenty

Agnes 仍會與她的兒子一起去追夢的。

陳美齡親手帶大三個孩子

賓・桑達：釋放潛能

賓・桑達（Ben Saunders）在今屆的「國際慈善論壇」午間演講分享他在北極、南極探險經驗（2004 年，26 歲的 Ben，獨自滑雪至北極；2014 年，與隊友徒步往返南極海岸與南極點）。

Ben 說起他最近的一次歷程：「那是在 no man's land 生活了一百零八天。去時先增重 10 千克，旅程結束時，減了 22 千克。起初以為對生命的體會，在旅程結束後有所不同，回想起來，那過程才是重要的（It's the process that matters）。」

如簡介所言，Ben「是極限探險者，無論是地理上、身體上、精神上」都一樣。他是要「挑戰人類極限，希望藉此啟發他人發掘潛能。」（Ben: an explorer of limits: geographically, physically and mentally. It's about pure human endeavour and the way in which he can inspire others to explore their own personal potential.）

　　出席馬會主辦的「國際慈善論壇」的嘉賓，聽到 Ben
說「南極之旅，徒步來回一趟，就像從這裏步行到上海，
又由上海走回來。旅程結束，我最想的一件事：吃一個芝
士漢堡包」，大家都笑了。這個下午，我們剛吃過頭盤，
喝過湯，然後，Ben 說他只想吃芝士漢堡，而我們的主菜
仍未上呢。

　　午餐過後，Ben 過來與我面對面，談了半個小時，他
不用把遠征南北極的威水史再重複一遍了，Ben 道出他的
成長歷程，中學老師對 Ben 的評語：「He lacks sufficient
interest in doing things properly」，「說我對事物缺乏興趣，
欠缺動力。」

　　Ben 笑說當年老師的觀察也不盡是錯的：「我中學時
讀書成績很一般，喜歡運動，卻又不是出色運動員。老師
這樣說，倒激勵我要做好一些，那是很好的挑戰呀，我就
是嘗試做到與眾不同，把不可能的事變成可能。」

　　中學年代，Ben 找到他心目中的英雄：20 世紀初嘗試
橫過南極的英國海軍軍官羅拔·史葛（Robert Scott）：「現
在看起來，那年代的設備也真太簡陋了。史葛的冒險精神，

令人佩服。那年代，史葛離鄉別井一年半，為的是要完成他的壯舉。儘管他最終失敗了，他仍是我們心目中的英雄。他一百年前沒法完成的心願，我與我的另一位探險家，一百年後為他達成了。」

後記

Ben 說希望他的成長故事，可以鼓勵年輕一代：我們得敢去嘗試，發揮每個人的潛能：「我自己是個普通人，沒有特別的才能（也許，當年老師沒說錯）（not particular talents），不是那麼聰明（讀書成績很一般）（not that intelligent），我的家境一般（humble up-bringing），六歲那年，父親就離開了。我卻憑着個人意志、無比信心、毅力，一步一步的去達成我的夢想。」

「我們得走出 comfort zone，才可以成就大事。」

Ben 說英國的冬天：「一般人都說英國很冷，到北極、南極，在冰天雪地上徒步（還要攜帶沉重行李），氣溫只有零下 50℃，不是走一天，而是一百天，那才真是挑戰來的。我想起人的極限，是可以突破的。我們的肌肉，一如

我們的意志，經過訓練、磨煉，會變得更堅強的。」

　　午餐會上，Ben 分享了他的不尋常經歷，贏得出席者的掌聲。臉上掛着陽光笑容的 Ben，說他的下一個探險歷程，該不會是到熱帶的。看來，不是去南極，就是北極。待完成創舉後，Ben 會不會仍是：最想吃個芝士漢堡呢。

賓·桑達：極地探險家

程介明：解鈴還須繫鈴人

見程介明教授的那天，中午時在港大教職員餐廳閒着，程教授來電說他身體不舒服，吃了藥，起床晚了，可能會遲到。他說：「他先叫東西吃吧，我馬上趕過來。」

叫了一份洋葱豬扒飯，一杯奶茶。那洋葱汁，味道竟與唸大學時，在學生飯堂吃的，味道一樣（只是價錢不同了），數十年不變的洋葱豬扒飯，真有其事。

在等候程介明到來時，翻看他幾天前在報章上發表的一篇教育評論，〈輸在起跑線：毒咒〉。一向給人「溫柔敦厚」印象的程教授，寫這篇文章時，是有點火了。他說出家長太着意「輸贏」，在小朋友成長階段，出盡法寶，催谷孩子，務求他們「贏在起跑線」，「在這個時候，強迫孩子接受『輸贏』的煎熬，恰恰是在他們人生的起跑階段，強迫他們做他們不應該做的事，其實是『錯在起跑線』。」

程教授出現眼前時，我已吃完那滋味的碟頭飯，看過他的「教育評論」。9月1日是開學日，程教授說：「希望

181

孩子開開心心上學去。」而幼稚園 K2 小朋友，去參加小一入學面試，不用有着太大的壓力。對教授說：「如今，大多數小學也不怎樣看小朋友 portfolio 的了。」

至於面試，記得有這樣的一個場面：小一面試時，問小朋友：「你緊張麼？」小朋友回答：「我不緊張呀。我爸爸媽媽才緊張呢，他們這幾天睡得不好呀。」

知道學校不再看重 portfolio，程教授認為那是好事。談到教育，程教授認為小學生（當然也包括幼稚園生），該在「自由氣氛下，積極學習」（小朋友是 liberal and active learner）：「小孩子都愛學習，求知慾很強的。在成長階段，要多鼓勵他們才是。」

「『德智體群美』並沒有過時，日本學校以『智』行先，那也沒問題。我們在執行教育理念時，是否有偏差了。」程教授認為打好學習基礎，閱讀、書寫、數學，缺一皆不可。

「香港的老師真是太辛苦了，放學後還得兼顧課外活動，又要批改作業，早出晚歸。有外國考察團到訪香港學校，對老師工作至晚上七時仍留在學校，覺得不可思議。」

「仍有家長有此想法，功課多的學校才是好學校，孩子多做練習，日後參加公開試，成績只會好，不會差。」

「不少學生，勤力讀書，目標只有一個：入大學。到入了大學，目標沒有了，就失落了。現在有些大學生，怕做事，怕人際關係，有些大學畢業生，甚麼都不想做。家長可以迫孩子小學時讀書，中學時為考試讀書，都入大學了，怎樣迫呢，大學畢業，家長更不能做甚麼了。」

「如今有些大機構請大學畢業生，不管你在大學時唸甚麼科，是看你確立過甚麼人生目標、參加過甚麼挑戰，他們要看的是你的 integrity、sensitivity。Skill，可以入了他們的公司再學。但那 winning capacity，是先決條件，必須的，公司要的正是有這種能力的年輕人。」

「這一代人要成功，該懂得『執生』，有適應能力，懂『變通』之道。」

後記

雖然說是退下來，不再擔任大學日常工作了，程介明

仍是要「周遊列國」，到世界各地演講，談教育課題。他的 Global perspective，是真正的國際視野。程教授的教育理念，着重內涵，不止是理論來的，是可以透過實踐，把理念具體落實的。而這，已夠程教授忙的了。

程介明教授

蕭凱恩：唱出來的光明

蕭凱恩 Michelle 拖着她父親的手，到來喝下午茶。Michelle 給我的第一個印象，十分之好。她喜歡笑，臉帶着笑容的微笑。說起話來，聲調輕輕的，與她站在台上，詠唱起來，歌聲嘹亮，完全兩回事。

Michelle 的父親說：「她每次開口唱歌，很能打動聽眾，她是用心去唱，唱出對生命的感受來。」

這些年來，Michelle 獲獎無數，包括「十大再生勇士」、「成功女性青年大獎」、「香港傑出義工獎」、「香港傑出學生」、「全港中學生 Supernora 超新星歌唱大賽總冠軍」。獎盃獎狀之多，客廳一個獎品架也放不下：「其實，客廳擺放更多的不是獎盃，而是她的課本、筆記。其他同學一本教科書，只有2cm厚，她的『書』，厚度是二三十倍。今年她考 DSE，整個客廳，擺滿她的書，Michelle 得用「手」來「閱讀」。

談及她的學習，Michelle 要比一般中學生來得辛苦：「同學上堂時可以看着老師的 powerpoint，可以一面聽一面做

筆記，我可看不見由 projector 投射出來的圖片、文字。我又不可以錄音，只能留心聽，強記老師所講解的課文內容，回家溫習，寫下我的讀後心得。同學用一小時溫習有關課題，我得用兩小時。」

Michelle 看不見，卻是聽得見，而她聽的功力，又要比一般看得見的人來的精密。這個下午，不過是閒話家常，Michelle 對我先前問過的問題，不必再問第二趟，她自會記得，會在適當時候回應的。

2016 的 DSE（中學文憑試），Michelle 說她的成績還算可以：「本港有兩間大學收了我，可選修與音樂有關的課程。我又得到尤德獎學金，可以到英國讀音樂，那裏的設施較好，比較適合我去進修。不過，去英國，父親會更辛苦了。」

Michelle 的父親為了幫助女兒學業、參與活動、歌唱比賽，已提早退休：「我不介意與女兒一起到英國留學，在香港照顧她，與在英國照顧她，分別不大。一切看她的取向。到英國學習，她接觸外面世界機會多一些，對她日後的發展會有幫助的。」

喜歡詠唱古典、現代歌曲的 Michelle，說她最喜歡聽唱《Time to say goodbye》的盲人歌手 Andrea Bocelli 詮釋這首歌的涵意：「希望有朝一日，我可以與他站在台上，一起唱這首歌。」

Bocelli 當年在香港的演唱會，十分哄動，要是 Michelle 有機會與 Bocelli 一起詠唱，他們皆可唱出天籟之音來，自能打動人心。

Michelle 一直說她希望可以用她的音樂、歌聲去感動人：「日後有機會，我會開一間音樂學校，讓看不見的人，一樣可以在音樂世界展示他們的才能。」

後記

Michelle 唱《My heart will go on》、《You raise me up》，也愛唱《天路》。能觸動人的，她都會用心去演繹歌曲內涵，莫札特作的歌曲《Ridente La Calma》，Michelle 能唱出生命的喜悅來。

Michelle 喜歡 Roald Dahl 的《Matilda》：「那虛幻的

世界，很是迷人。就像我發夢，雖然那是一個沒有顏色的
世界（我不知道顏色是甚麼來的），我仍可感受到夢中世
界，一如 Roald Dahl 的小說，十分有趣。」

蕭凱恩

張釗維：萬里長空萬里情

與張釗維喝下午茶的那一個下午，已於前兩天看過他導演的《沖天》（The Rocking Sky），那是由 CNEX 基金會贊助，花了近一年時間製作而成的紀錄片（透過訪問、動畫，勾畫八年抗戰，中國空軍（都是年輕有為，那一代「貴族」）的遭遇）。《沖天》簡介說得清楚：「以人物故事、線描動畫為緯，見證幾位飛行員的空中戰鬥，以及他們跟親友之間的情感關係。」如何詮釋這一群年輕飛行員的故事、內心世界，着墨不易。張釗維做了大量資料搜集，其間又得到中華文化總會、民間組織（不少是空軍迷，擁有珍貴資料）的幫助，亦有當年的空軍的口述歷史。為《沖天》打下扎實基礎，將歷史人物圖片、訪問，加上動畫，剪輯成一個牽動人心的戰時空軍故事。該片獲得 2015 光影紀年「中國紀錄片學院獎」最佳剪輯獎（The 5th China Academy Awards of Documentary Film （CAADF） Best Editing Award），實至名歸。

張釗維說：「很多人在看過《沖天》後，都說覺得心

痛，這一批空軍，才二十多歲，都是十分優秀的人才，都
一個接一個的戰死空戰中（1937 年中日戰爭之初，中國空
軍只有三百架飛機，而日本帝國航空則有二千）。有說他
們具有民國『第一代的貴族精神』，不是說他們出身好，
而是說他們有大無畏精神，面對日本軍國主義入侵，並無
懼色。」

不說不知，張釗維說當年的電影紅星胡蝶的弟弟是空
軍一員，詩人林徽音（後稱林徽因）的弟弟林恆也是。《沖
天》有兩場戲，幾位空軍（他們都是廣東人）到林徽因家
中作客，談笑甚歡，然後到了下一幕，他們已為國犠牲了。

那年代的年輕空軍，書信寫得好，字體端正，內涵豐
富，在銀幕上展示出來的「情書」，道出年輕人的情意，
很能打動人心。《沖天》在台灣上映時，不少年輕女孩帶
着男孩來看，是覺得那年代的情懷，特別感人。張釗維說：
「思念是貫徹在整套紀錄片當中，而人間真情，在紀錄片
中自然流露出來。天下文化出版了《天空的情書》，把《沖
天》的製作過程，記錄下來。」

《沖天》出現的最後一個畫面：抗戰勝利了，人們都

湧到街上歡呼慶祝，放爆竹，場面熱鬧極了。有一名年輕女孩，獨自一人留在家中，沒有跑到外面與群眾一起分享勝利的滋味，她的至愛在空戰中陣亡，那一刻，她在想念在空中飛翔的他。

張釗維說：這一段，取材自齊邦媛的《巨流河》，一段真實的個人歷史。

後記

張釗維現在有時住在北京，有時在台北，是在研究晚清某些人物的遭遇：「透過觀看故宮文化，可看到中國的變遷。」當然，要梳理一個秩序來，需要的是時間、人力、物力。CNEX有此宏念：「十年，

張釗維

十問。一百部華人紀錄片。」從 2007 年至今，已拍了多部
可觀的紀錄片，包括《龍船》、《和祖先一起唱歌》、《歌
舞昇平》、《財富之道》，還有我們熟悉的《街舞狂潮》、
《音樂人生》。

等待張釗維下一部作品出現。

白先勇：永遠的崑曲

遲到二十分鐘，錯過了開場白，卻沒錯過白先勇，他在講中國各地講學實況。講崑曲之美已講了很多年，近年他也講起《紅樓夢》來。「一個學年只能講四十回，兩個學年講了頭八十回，再講下去，得多用一年了。」他是欲罷不能。白先勇說起初以為在美國聖塔巴巴拉大學「退休」，不再教書，可以逍遙自在過日子，沒想到一下子「愛」上崑曲，更以推廣崑曲為己任。從創作、監製《青春版牡丹亭》，差不多一手包辦。「十年辛苦不尋常」，白先勇並無怨言，亦不覺勞累。

港台電視《傑出華人系列》於 2000 年首次播出《白先勇》，那時白先勇談的是文學創作，以及他的前半生經歷。到 2014 年，再推出《傑出華人系列——白先勇》，分上下兩集，上集仍是集中講他的小說創作，下集則加入他致力推動崑曲藝術的經過，還有他近年力作，講述他父親白崇禧將軍的《父親與民國》。

港台稱白先勇為「崑曲傳教士」，對這稱呼，不見白

先勇反對。過去十年，見過白先勇有三四趟了，每次他不是在台上談崑曲，就是在台下談。不是在《青春版牡丹亭》演出前談，就是在演出後談。三句不離「本行」，過往十年，白先勇的「本行」是崑曲。

「在倫敦上演《青春版牡丹亭》，我曾擔心票房的，老外會來欣賞崑曲之美麼？沒想到，前來觀看《牡丹亭》的學者、當地人、華僑，出乎意料之外的多，翻譯《紅樓夢》、牛津大學教授 David Hawkes 從牛津乘坐火車到倫敦，觀賞《牡丹亭》，教授退休多年，年紀老邁，還肯到來欣賞崑曲，令人感動。」

帶去白先勇近作《父親與民國》（天地，2014），請白老師簽名（席上，大家都叫白先勇「白老師」，我不好意思叫他「白先生」或「白教授」了）。我有私心的，他的簽名本《遊園驚夢二十年》（迪志文化，2001）、《驀然回首》（爾雅出版，1978）已送至中文大學圖書館特藏組，《父親與民國》也該放在該處。

問白老師想不想把《牡丹亭》再次帶到香港演出？他說想呀，哪會不想的。十年來，《青春版牡丹亭》演出

二百三十場，他帶着《牡丹亭》「走埠」，也近二百場，「差不多場場滿座，一千人的劇院多是全滿，二千人的也有九成入座率。一直以來，只我一人，帶着個秘書幫手打點，是『大將』帶個『小兵』，東征西討那麼多年，算有點成績了。」白老師說起他的「至愛」，顯得那麼高興，很有自豪感。

白先勇說該把崑曲推廣到大學：「通識課該有崑曲。它對文化、歷史、美學，皆起了『啟蒙』作用。《牡丹亭》故事一點不老套，適合現代青少年人觀賞的。」

後記

白先勇說希望不久將來，《青春版牡丹亭》可以再次在香港演出，演杜麗娘的該仍是沈豐英，當年她把年華雙八的少女演繹得恰到好處，如今她的唱功更為了得，更能打動人。她唱「原來姹紫嫣紅開徧，似這般都付與斷井頹垣，良辰美景奈何天，賞心樂事誰家院」，在白先勇的小說《遊園驚夢》，女主角錢夫人不也唱過麼。

　　白先勇曾寫過《永遠的尹雪艷》，近十年他寫的是《永遠的崑曲》，不曾寫完呢。

白先勇堪稱「崑曲傳教士」

沈豐英：一往情深杜麗娘

沈豐英說 16 歲之前並沒有接觸過崑曲，亦不知曉《牡丹亭》故事：「那時我喜歡唱民歌、流行歌，愛跳民族舞，愛聽鄧麗君歌曲，還有小虎隊的。其後在蘇州崑劇院學習崑曲，幾年下來，終有小成。」

談到《青春版牡丹亭》，不得不提白先勇。沈豐英說：「我 1998 年畢業，四十多人入讀藝術學校，只有二十多人畢業。那時崑曲仍未有市場，直至白先勇老師推動崑曲文化，排演《青春版牡丹亭》遂現人間。又選了我做杜麗娘這角色，同期俞玖林演柳夢梅。十多年來，我們演出《青春版牡丹亭》，超過二百場了。」

起初接受崑曲功架、唱功培訓，沈豐英說那是「地獄式訓練，早上五時起床，練功至晚上九時，全年無休。幾年下來，演與唱，算是昇得人，可以外出表演了。」

十多年前，第一次在香港文化中心觀賞沈豐英演杜麗娘，教人眼前一亮的杜麗娘，詮釋「愛情」的偉大，「愛情」

可讓人復活。同去看《牡丹亭》的崑曲發燒友説儘管沈豐英略欠火候，但杜麗娘散發開來的「青春」氣息，為崑曲開拓了新天新地，吸引年輕一輩入場，觀賞崑劇。

「2003 年拜張繼青為師，俞玖林則拜汪世瑜為師，兩位師傅皆提升了我們的表演技巧，説我們的演唱功夫，可以更上一層樓，實賴多位名師指點。」

除了張繼青，沈豐英還師從華文漪、張靜嫻、胡錦芳。而一眾崑曲表演藝術家，亦十分樂意指點這位後起之秀。

2001 年，崑曲被聯合國教科文組織列為「人類口述和非物質遺產代表作」。

2004 年，白先勇與他的編劇把湯顯祖五十五折的《牡丹亭》刪減至二十九折。但貫穿《牡丹亭》的「情」不變，包括「夢中情」、「人鬼情」以至「人間情」，沈豐英演的杜麗娘，愈演愈見精彩。至情至性，讓杜麗娘舉手投足展示出來，一字一句的唱，把「情」唱得牽動人心。

沈豐英説起初演出的五十場，表演模式不變。五十場過後，她為杜麗娘這角色注入「新生命」，「那不是熟能

生巧，而是對杜麗娘有了新的體會，舉手投足，起了微妙變化，那也可以算是『突發靈感』，多了點自我發揮空間。細心觀賞的觀眾，會知道我的改變。他們也喜歡我的風格，不是墨守成規。與我做對手戲的演員，亦喜歡這一點點的轉變。在舞台上，我們有活潑生命力，才能感動台下的觀眾。」

後記

沈豐英說她的生活簡單而充實：「不用排戲的日子，我會學琴棋書畫。特別是畫畫，是我最喜歡的閒暇活動。在舞台上，我演的旦角，多精通四藝，我拿起筆來，也得像個會畫畫的女子才好。文化修養，對我來說，十分重要。我希望可以不斷充實自己，做個好的崑曲演員。」

2016 年 3 月 19 日晚在中大利希慎音樂廳，上演了五套崑曲折子戲，而沈豐英在《玉簪記・偷詩》、《長生殿・絮閣》、《牡丹亭・幽媾》皆有份演出，分別飾演道姑陳妙常、楊貴妃、杜麗娘。白先勇問沈豐英一晚做三個折子戲，會不會太累，沈豐英答得爽快：不會。

最後一個折子戲《牡丹亭》的杜麗娘是沈豐英的至愛
角色,她演來如行雲流水,不見半點倦意。

沈豐英——杜麗娘扮相

艾倫・狄波頓：工作的苦與樂

原先想等聖誕期間，到倫敦，體驗一下艾倫・狄波頓 Alain De Botton 開辦《The School of Life》課程，看看他為城市人而設的講座：「職業取向、人際關係、政治、旅遊、家庭、宗教」，是怎麼一回事，才寫這篇訪問。

其實有關課題，Alain 早在他的著作已有詳細詮釋，可不用參加專為不看他的書而設的講座。

那天，座談會上的題目：「作家為甚麼而寫」，Alain 說得簡單、直接：「為興趣，為生活。」

儘管有哲學界學者批評 Alain 的作品不夠嚴謹，像他的《The Consolation of Philosophy》，Alain 的所謂哲學，與學院哲學可有分別，他說的哲學可以帶來的慰藉，與哲學要探討的課題風馬牛不相及，兩回事來的。對此批評，Alain 並不在意，他不過是借用某些哲學家觀點，來解釋哲學可以為我們做些甚麼。Alain 從來沒有說過自己是哲人。

正如他在《The School of Life》所標榜的：「找來恰

當的概念、想法，用到實際生活上面去。」Alain 透過他的觀察、研究，才下筆書寫他認為有意思的題目。為着了解機場運作，在那裏的「流動人口」，Alain 花了幾星期，長駐倫敦機場 Heathrow（他成了首位駐機場作家），《A week at the Airport》不是憑空想像出來的作品，那是他透過筆錄、攝影，呈現出現代旅人的面貌來。

Alain 寫過《How Proust can change your Life》，但馬賽爾·普魯斯特（Marcel Proust）卻不是他最喜歡的作家。普魯斯特的《追憶逝水年華》只是讓 Alain 用來詮釋生命的意義。

Alain 說得坦白：「我有不少喜歡的作家，就是沒法說出誰是我的至愛。」

這年頭，誰還會有時間去閱讀這部超過百萬字巨著，Alain 就是有此能耐，梳理這部意識流小說，找出現代人看了，會有共鳴的地方。普魯斯特的日常生活，看似無聊、單調，這不正是真實人生寫照麼。我們不看普魯斯特，看 Alain 的導讀，仍會有所得着的。

後記

見 Alain 的那一個早上，時間有限，只能傾談幾句，那天晚上，他要從香港趕回倫敦。Alain 在他的最新著作《The Pleasures and Sorrows of Work》內頁畫上他的簽名，Alain 笑說「簽名真容易」，是的，打兩個圈就是 Alain 的簽名了。

Alain 說喜歡他的「工作」——寫作。很多作家皆有 Writer's Block，到某一天，不是「江郎才盡」，就是 burnt-out「燃燒淨盡」，疲倦得沒法再寫下去。Alain 沒此問題，他剛寫過一個題目，又有興致去研究另一課題。對他來說，寫作雖然不會是一帆風順，有痛苦時刻，但他可以苦中作樂。他的「工作」，肯定帶給他快樂多過痛苦，所以他可以一直寫下去，樂此不疲。

他在另一部著作《The News: A user's Manual》簽名，希望我好好看這部「手冊」，書中有這幾句：A flourishing life requires a capacity to recongnize the times when the news no longer has anything original or important to us.

電視的新聞報道，可以不看，沒甚麼損失。但 Alain 的

作品仍是值得一看，而他主辦的「生活課程」，可以的話，
是要去上幾堂，引證一下其中道理。

艾倫‧狄波頓

何文琪：律師，忙是常規

每一趟與 Angela 何文琪茶敘，她總是匆匆而來，又匆匆而去，知道這位事務律師，正職以外，還擔當過不少婦女團體的義務工作（Angela 做過多屆香港女律師會長、崇德社會員，又是全國婦女聯合會代表）。這個下午，她到來喝茶，說是難得有閒暇，不用趕回她的律師樓：「不過，可以的話，晚上還要回去簽文件，睇 file。」

Angela 看見我不明所以，遂向我笑着介紹事務律師的工作：「簡單而言，律師有的做 minder、grinder 和 binder 的。Minder 負責管理（managing partner），我做 grinder，負責 documentation，睇 file，最是辛苦。Binder 負責找生意（有律師與客戶打高球，是去傾生意，不是偷得浮生半日閒也）。當然，有律師既負責管好公司運作，又得處理文件，更可以與客戶打球。我不怕繁瑣事務，不怕處理 file。不過，沒法子，我不懂打高球。」

面對繁重的律師樓工作，Angela 仍不肯停下來，她愛參加不同的婦女團體：「正職以外的工作，讓我學曉包容，

擴闊我的生活圈子，而不是對着一大疊文件，處理與法律有關的事務。」

Angela 的律師樓規模不大，只有兩位合夥人，大家分工合作，問題不大：「就是到來的見習律師，不少做夠三年（有時是兩年）就跳槽，有時我是做到『踢晒腳』，一天二十四小時都不夠用。自己公司，上班下班時間怎去定呢，試過全年無休。」

不過，Angela 說近年已知道健康比甚麼都來得重要：「捱了那麼多年，不可以再如此拼搏。現在不管怎樣，要睡眠充足，每天要睡足八個小時，保持最佳狀態，工作更見效率。」

Angela 說除了學瑜伽，藉此放鬆自己。她還愛出外旅遊，不是不理律師樓事務，而是懂得 work hard，play hard 的道理了。

後記

Angela 說近年工作多與企業融資及重組有關。一般事

務律師不能上高等法院講話的，但亦有例外，到高院 skel-
eton argument 是可以的。喝下午茶的那天早上，Angela 就
去了一次高院做類似工作。

工作之餘，Angela 說她的興趣仍是讀書、旅遊：「閱
萬卷書，不一定可以做
得到，但行萬里路，該
沒半點困難。」

Angela 熱心公益，
又愛助人，她說：「因
為有專業知識，為不少
團體提供免費法律服
務，昨天又答應多一個
團體，做義務律師。看
到別人有需要，就不知
怎樣推辭。」

為公益，為社群，
Angela 坐言起行，「義
不容辭」，是這意思吧。

何文琪

嘉露·戴卓爾：下筆有情

第一次見嘉露·戴卓爾 Carol Thatcher，其實見的不是她本人，是在由梅麗·史翠普主演的《鐵娘子戴卓爾夫人》。晚年的戴卓爾夫人，獨個兒到超市購物，孤獨無助，梅麗·史翠普因飾演鐵娘子這角色而獲奧斯卡最佳女主角獎。在影片中演 Carol 的演員，對白不多，毫不起眼，連配角都稱不上。母親太有名了，子女想出人頭地，一點不易。

真正見到 Carol 的那一天（在香港大學陸佑堂的一個作家講座會上），Carol 沒半點架子，平易近人。她就像在倫敦街頭遇到的中年英國金髮婦女，有禮儀，談吐得體。Carol 到商場購物，到餐室門外排隊，等候入座，不再會有人說：看，她是 Carol，戴卓爾夫人的女兒。（Carol 在她母親當上英國首相的日子，打電話叫的士，報上名來，的士司機說：不是吧，首相女兒也要叫的士。）

Carol 沒有說做首相女兒有多難，至少比起她的父親戴卓爾容易多了。第一夫人易當（其實也不容易，第一丈夫更難了）。在席上，Carol 說皇夫才真的不易做。說起最近

一次皇夫與一班退役軍官在會所合照，攝影師要求多多，要他們擺好姿勢，皇夫發火了，説了句粗話：「快 X 的拍完它。」也算真情流露了。（皇夫長期壓抑，説句粗話，性情中人也。）

Carol 説她父親少發脾氣（偶然發發牢騷當然會有的），可能與他任何時刻都愛先來一杯 Gin tonic 有關（那是他的至愛）。

在 Carol《A Swim-on Part in the Goldfish Bowl》一書，談及她父親收到一位美國人的來信，説他的太太剛當上騎馬會會長，他作為女會長丈夫，該怎樣做才好。

戴卓爾竟然回信：説不知道當上騎馬會會長丈夫與當上英國首相丈夫有何相似之處。不過，戴卓爾仍作出建議：永遠不要與新聞界談話，不要在電視媒體亮相。有人向他投訴騎馬會之事，裝出關心，靜心聆聽，聽完就不要記在心裏。不要參加無關宏旨的活動。肯這樣做，會自由多了。就是不知道這位美國人肯不肯聽戴卓爾肺腑之言。

有關戴卓爾夫人，Carol 對她是又敬又愛。在她當國會議員的日子，早上仍能為一家弄個英式早餐；當上首相，

沒時間弄早餐了。仍會一家人去度假,不過,戴卓爾夫人度假會帶一大堆文件隨行,工作就是她的樂趣。搬入唐寧街十號,Carol 說「前舖後居」很適合她的母親,在戴卓爾夫人年輕時,家開士多店,是前舖後居格局;在首相府,住在樓上,下樓就可工作,方便極了。

後記

Carol 說作家要的是 Passion,對生命的熱情,對寫作的熱情。沒熱情,寫出來的作品沒生命,不好看的。首相夫人的女兒,Carol 說是在「金魚缸生活」,一舉一動,別人都看得清楚,都可以指指點點。她要向世人證明,憑

嘉露．戴卓爾

個人努力，也可闖出名堂來的。

　　2005 年，Carol 參加了一個電視節目──《ITV 2005 I'm a Celebrity...Get Me Out of Here》。十七日內獨自一人在澳洲原始森林生活，在缺糧缺物資的大自然底下掙扎求存。憑個人力量與信念，Carol 經得起考驗，成為 2005 年的 Jungle Queen，對她來說，那是她與母親經過多年努力，終於成為英國第一任女首相一樣，引以為傲的頭等大事。

中國文化・樂而忘返

貝山老師（他説喜歡我們稱他為老師，那是內地學生對教授的稱呼）在布達佩斯機場等了近一個小時，才見我推着行李出來。

「歡迎歡迎，你們到來，這裏的天氣也好起來了。」貝山説得一口流利普通話，説起外交辭令來。

説起當年在中國留學，貝山説起初普通話説得不好，吃也吃不好：「後來普通話愈講愈好，吃也吃得愈來愈好，而人，也愈來愈胖了。」愛説笑的貝山，用普通話講笑，很有惹笑效果。

「你們放心，布達佩斯最好的中國餐館剛好關門。匈牙利菜，只有幾道板斧，你們不會吃得胖起來的。不像我，在北京那些日子，像填鴨，每天塞得飽飽的。」

不過，其後幾天，貝山還是帶我們去品嚐了地道的燉牛肉、鵝肝。

談起中國文化，貝山的興致來了：「我從小對中國文

化有着濃厚興趣，大約十歲時就決定，將來要研究中國文化。」

貝山研究的範疇廣泛，既研究中國古代哲學思想、新出土的簡帛文獻，又是當代中國經濟、社會、公共行政與國際關係的專家。貝山説：「中國古代和當代文化有着一定的連續性，價值體系中，不少核心價值幾千年來一直沒發生根本的變化。」

貝山説：「中國文化是一座大寶庫，藏着許許多多珍貴的寶物。」他又説「天天生活在這個寶庫裏頭的人，不一定能意識到身邊寶物的價值。」

貝山是有感而發的，他説他非常喜歡上世紀九十年代北京的老面貌：「覺得很有氣氛。」可惜的是：「當時許多中國人並不以為這些老建築是有價值的，應該受到保護的。」

貝山肯定學講普通話是一回事，懂得閱讀與寫是另一回事：「漢字是中國文化的載體。我經常跟我的學生説，你們隨便選一個漢字，關於你們所選的漢字，我一定能開

講一學年的課程。漢字是漢語不可分割的部份，而漢語是打通中國文化寶庫的鑰匙。如果給自己配的匙不完整，就永遠打不開門。」

談到中國文化與匈牙利相似之處，貝山説：「匈牙利人很多傳統思想，包括傳統宗教思想，與中國有着不少共同點。我們姓名的順序也和中國人一樣，姓在前，名在後，這在歐洲是很少見的。」

後記

這個下午，貝山帶我們到布達佩斯廣場，邊走邊看，解説匈牙利近代史。貝山指着國會旁的一幢大廈，説：「這是農業部大樓，石柱上釘上黑色銅粒，每一銅粒代表一名匈牙利人在 1956 年對抗政府中犧牲（其實那是對抗蘇軍），那一年的十月反抗，先被定性為「反革命」，1989 年後獲平反，成為有名的「十月革命」。

貝山又指着遠處一個碑記，説：「這是 1956 年在此戰死的蘇聯士兵墓碑。我們多想把它移走，但程序複雜，沒

想像容易，匈牙利政府最後在墓碑前建一銅像，由它來對
着墓碑。」

　　我們上前看個清楚：是令蘇聯解體的前美國總統列根
銅像。

匈牙利國家行政大學中國行政經濟與社會研究院
院長 Professor Sandor P. Szabo

周兆祥：食生・最綠的人生

知道周兆祥在城市石屎森林建立人間綠土，很想去看看周兆祥在尖沙咀商業大廈經營的「綠野林」，是否在做賠本生意，要是「叫好不叫座」，不管用的。

幾個月前第一次到「綠野林」吃新春盤菜，在晚會上，有來自美國的結他手彈奏民歌，周兆祥站在一旁擊鼓和唱，他展露出來的笑容，是一貫的周兆祥式燦爛笑容。那個晚上，還有教人大聲笑的師傅，教我們學笑，道出笑的好處來。周兆祥不用學，每次見他，他都在笑。

吃不慣由周兆祥設計出來的盤菜，都是全生的蔬果，他的「食生」，是指吃進肚的食物，盡是生果，不用煮熟的。

這是第二次到「人間綠土」，知道這一次仍不會「一次生，兩次熟」，到那裏吃午餐，喝果湯，吃主菜、甜品，都是生的。換言之，到那裏吃午餐、下午茶點，甚至是晚餐，次次「生」，不會「熟」。

與周兆祥算是認識多年的朋友，不算陌生，亦不算很

熟。他的生活方式、人生取向與我的很不一樣，因此，我們很少往來。

「有些想法，我比社會一般人的想法，早了十多二十年。早年我提出少用膠袋，自己耕種，種有機蔬果，提倡斷食、素食。二十年前，星期日到有機農場耕種，畀錢來耕種是天方夜譚，不可能的。現在假日到有機農場耕種的人是愈來愈多了，那是有益身心的活動。」

周兆祥在大學任教多年，寫過不少學術研究論文，極具個人風格的專欄文章，結集成書。周兆祥「一直堅持的，就是純真奉獻精神：流動生命」，「過最簡單樸素低消費高靈性的生活」。

「創辦『綠野林』，就是要貫徹我的理念：回歸自然的生活方式，由天然吃法開始：食生。」

周兆祥見我沒法喝完果菜湯，笑說多來幾趟，多喝幾碗湯，多吃幾碟菜，就會習慣的了。

有好幾枱顧客，都在享用他們的午餐，食生該不是甚麼問題，習慣了就好。

周兆祥介紹我認識「綠野林」的總裁李詩燕：「她放棄高薪，甘願到此工作。在這裏，Tina 對她的工作很有滿足感，她安排的課程，包括食生課程、廚藝班、斷食營，很受歡迎。」

「『綠野林』打開門做生意，仍得講策略，開班收取費用，租出地方舉辦活動、講座。綠野店出售有機蔬果、野生食材、綠色書籍、食生廚具。小廚（Raw Cafe）是香港第一間食生餐廳，提供有機食生午餐及下午茶。」

沒想到周兆祥經營「綠野林」一年，竟能收支平衡。他的職員工資不高，但他們工作態度好：「他們在此工作，一天比一天開心。」覺得自己所做的工作有意思，自會開心。周兆祥説的時候，展露他的「招牌」笑容。

後記

周兆祥為了發展「綠野林」，放棄了兼職，不再教翻譯。他説：「那是自廢武功，我教翻譯，做翻譯做了幾十年，但不能一心二用。我明白真正修行，是在生活當中。我希

望可以改變中國人的飲食習慣。『綠野林』該可起示範作用。食生，我們有足夠營養，可以活得健康、快樂。」

答應了周兆祥，看過他的著作《綠色心靈力量》，會走上「綠野林」，好好的享用一頓「食生」午餐。

周兆祥：綠野林創辦人

女俠鄭佩佩：活得從容

與佩佩喝咖啡的那一個上午，她比我早到。看見她坐在一角，走過去，只見她笑容滿臉，是那麼的開心、快樂。幾年來，見過她幾趟，每次都是見她笑得那麼燦爛，喜悅之情，自她臉上自然流露出來。

佩佩跟過星雲大師。說佛學並不高深，「人間佛學」：「生活上的大小事，皆可用佛學去解釋。每日皆可修行，做你應該做的事。每天都是那麼重要，好好的活，過好每一天。每天都有新體會，每天都是『黃金時期』，因為感覺良好，所以不會覺得疲倦。」

佩佩有過風光日子，她 18 歲拍胡金銓的《大醉俠》，她說那時不懂演戲，但形象討好，很快就成了大家心目中的女俠。這位女俠，在江湖行走數十年，很受歡迎。在現實生活中，甜的滋味、苦的滋味，她都嚐過。「更難過的歲月都經歷過，便再沒有捱不過的日子了。」佩佩說當下活得好，而一切的不好，皆可盡付笑談中了。

佩佩仍有接戲，去北京拍，去英國拍，不是當主角，她戲份重要，起了「綠葉」作用。「我剛拍了部英國片，《Lilting》，演一位在外國二十九年，仍不會講英語的母親，好不容易把自己的兒子帶大，而兒子準備把她送到老人院，希望她可得到較好的照顧（不是不理母親的，不想跟她過日子）。電影開場第一幕，兒子遇上車禍，辭世而去。母親被迫與兒子的男友相處，原來兒子是同性戀者，怕他母親不能接受他的性取向。母親憑她的直覺，早就知道了，只是沒有說出來。

「這套電影上映時，你得去看看啊。」佩佩說。

佩佩是四個孩子的母親，她對孩子，持開放態度，接受她們各有不同，各有各的想法，不同的生活取向。「我不能說我是一位『成功』的母親，每個孩子都不一樣，我伴着她們成長，有着四種不同的經驗。我只知道我用心、用時間去對待她們，從不求回報，看着她們成長，有自己的人生，我已有着最大的滿足感了。」

佩佩說將來還是選擇一個人過日子：「現今老人院設備十分之好，住進去，生活會是很愉快的。安排好自

己的生活，不要 bother 我的孩子，會覺得開心。人的生活其實可以很簡單，而活得開心，活着才有意思。」

後記

鄭佩佩在李安導演的《臥虎藏龍》演活「碧眼狐狸」一角，「碧眼狐狸」是一個多麼不開心的人，心中只有怨恨，她是個悲劇人物。」「我也有千種理由，讓我不開心過日子，但我沒有啊，因為我的生活有愛，有希望。」佩佩説從容活着，看似不容易，其實是可以的。

佩佩説《臥虎藏龍 II》要開拍了，她的大女兒飾演碧眼狐狸的女兒。母女一起粉墨登場，同場演出，該是一趟很特別的經驗。對佩佩來説，那不過是人生中多一點顏色而已。

李垂誼：反叛有時‧演奏有時

與李垂誼見面的那一個下午，遇上交通擠塞。他沒有遲到，我也沒有。同一時間，他在酒店大堂等，我已坐在二樓咖啡座。面對面聽他細說從前，五分鐘後的事了。

Trey 是 Musicus Society（垂誼樂社）的藝術總監（Artistic Director），2014 年 11 月 27 日與尤利‧巴舒密特及莫斯科獨奏家樂團（Yuri Bashmet/Moscow Soloists）一起演繹的曲目包括：鮑凱利尼：大提琴協奏曲，作品 479（Boccherini: Cello Concerto，G479）、柴可夫斯基：如歌的行板（大提琴與弦樂）（Tchaikovsky: Andante Cantabile for Cello and Strings）、布列頓：嬉戲的撥奏（Britten: Playful Pizzicato）、巴格尼尼：中提琴與弦樂小協奏曲（Paganini: Concerto for Viola and strings）、譚盾：永恒的誓言（中提琴與樂團）（Tan Dun: Eternal Vow for Viola & Orchestra）、柴可夫斯基：佛羅倫斯的回憶（Tchaikovsky: Souvenir de Florence）。

成為全職音樂人、大提琴家，被譽為馬友友「接班人」

前，Trey 一如眾多成長期間的青少年，經歷過反叛期。Trey 的「反叛」是不再拉大提琴。

「我曾在 Julia Pre-College 學藝六年（12 至 18 歲），那時沒想過日後拉奏大提琴，作為我的職業。那六年，我很勤力，基本功算很扎實。我的兩位姊姊也有學音樂，母親說我們三人可以來個三重奏（Trio），有資格去表演了。那時學大提琴，沒半點壓力，每天練一個小時，已可以了。那只是技巧不錯，卻不知音樂感是甚麼一回事。」

「進哈佛大學唸經濟，我選修了一學期『音樂歷史』，教這門課的教授對我啟發良多：原來音樂世界博大精深，是一個寶藏，我以前所懂的不過是皮毛而已。」

「我的反叛期到來了。青春期的反叛，或對制度 anti-establishment，或對權威（父權），我就是想告別大提琴。五年（包括四年大學，一年到華爾街工作）間，我遠離音樂世界（在大學唸書，偶而與樂友拉奏 Chamber music，不算數的。大學裏音樂好手多的是，我不過是眾多好手其中一員而已）。」

「反叛期過後，我又重新上路，在波士頓跟一位出色的大提琴老師學藝，他聽過我先前錄下的來的 CD，説我拉得不錯（早年我的造詣還可以）。學藝兩年，老師説我該去德國。古典音樂的傳統來自奧地利、德國。上世紀九十年代初，大批蘇聯音樂家去了德國發展。促使柏林成了音樂之都，到德國，我的指導老師是瑞典人，本身就是位出色演奏家。」

「到了歐洲，就一直留在那裏。Madrid、Koln、Amsterdam、Berlin，我成了『國際人』，隨着我走天涯的，是我的至愛：大提琴。」

後記

Trey 説年輕時曾與大師同台演奏樂章，讓他獲益良多：「比參加大師班更具啟發性，對年輕人來説，那是最好的鼓勵。」

有見及此，Trey 也把昔日他所得到的鼓勵，把那模式搬到香港來。「11 月 30 日在沙田大會堂，你要是到來，將

可欣賞到年輕音樂人與大師一起拉奏 Dvorak 的作品，那是 Musics Fest 的 Final Concert。」

「Helsinki 的音樂廳原本平平無奇。自從有了一個新的音樂廳，設備一流，音響一流。那是 world class 音樂廳。而 world class 的音樂家也愛到那裏表演了。」

「希望西九早日有一個一流的音樂廳吧。」Trey 如是説。

莫雷拉：鞭策出來的成果

與莫雷拉（Joao Moreira）見面那個早上，Joao 說已吃過早餐，來杯 English Tea 就可以了。

先從 Joao Moreira 的譯名說起，Joao 說他喜歡叫「莫雷拉」，把 Moreira 譯成「莫雷拉」：「用葡萄牙話講 Moreira，與用廣東話講莫雷拉，發音相近。」

Joao 更喜歡他的暱稱：「雷神」。他說：「我也愛看電影《Thor》的，在銀幕上亮相的那個雷神，可真厲害呀。」

Joao 在綠茵草地上的策騎成績驕人，連續獲取三年冠軍騎師榮譽。Joao 說有人稱他為「The magic Man」：「其實那有甚麼魔法可言的呢。所謂 magic touch，說我不管騎甚麼馬，都可勝出。不是真的，我的勝出（跑出第一名）率只有百分之二十五左右，不錯的成績，卻不能說我是有魔法的騎師。」

Joao「雷神」談及他的致勝之道：「所謂 magic，不講魔法，講真功夫。講自信，相信自己。在馬上，你要有

full control，完全控制馬匹的步伐，奔跑時的節奏。你要有 confidence，知道你可以 make the difference。然後，馬匹 出閘，you have to make it happen。」

Joao 說他每一次的策騎，他都要知道那該是一個「decent ride」：「要見得人，先要過得自己那一關。」

教人津津樂道，是 2017 年 3 月 5 日那一天的賽事。一天之內，Joao「雷神」勝出八場頭馬。問 Joao：「那一天你緊張不緊張呢？」

Joao 笑着回應：「贏出第一二場，心情輕鬆。在同一天賽事贏幾場馬，試得多了。但當勝出五場頭馬後，有想法了。」

第六場的「奪冠」，會不會是事先張揚的勝利呢。這講法沒科學根據。Joao 說接着下來的幾場，從第八場的「爭分奪秒」，第九場的「神威敖翔」，到第十一場「哈蝦巴爸」，Joao 引證了他的信念：「Make it happen」。一天之內，勝出八場，該是一項紀錄。說「雷神」的威水史：「該是前無古人，後無來者」，不算過譽。

對「雷神」Joao 說：「我們有一講法：雷聲大，雨點小。而對你，卻應該改為雷聲大，雨點大。你的名字，拆開來解，可以是『你的騎術了得，一鞭在手，策騎起來，雷神都拉你不住。』」雷神說：「有那麼厲害麼？」

「雷神」Joao 笑了，說出心底話：「勝出頭馬，有時講一點運氣：天時、地利、人和，真有其事。但我是一個很勤力之人（I work very hard，I always want to do it well.）。我的騎功，是長期努力的成果。每次策騎回來，我都會反省：是否仍有改善的空間。我仍在盛年，In my prime，仍有機會創造出更好的成績來。」

後記

Joao 說「冠軍騎師」有「着數」的：「找我策騎的馬主多了，我有得揀了，勝出機會更大了。」

說到他策騎過的「巴基之星」扯計，在比賽途中，停下來不肯跑。Joao 說：「那一次，我堅持『巴基之星』一定要跑畢全程。不然的話，下一趟牠更不會跑的了。其實，

馬匹體重逾千磅，牠不知道只要牠不跑，騎師是沒法靠鞭
就可以令牠奔馳的。幸而百分之九十九的馬兒不知道牠有
此能耐。因此，罷跑情況，並不多見。」

莫雷拉：鞭策出來的成果

Maxime Meilleur：上陣不離父子兵

Maxime 待我們喝過咖啡，吃過甜品才出來與我們打招呼。都說那款奶類甜品（Lait dans tous ses états: Coulig, meringue, sorbet, biscuits）很有特色。Maxime 說：「要是你到我們在法國山區的 La Bouitte 餐室享用午餐，會有更大驚喜呢。」

到會所吃由 Maxime 親手炮製的法國餐，餐單上有這一句：Like Father，Like son（世代相傳：Like Savoy 薩伏依美饌）。

說「有其父，必有其子」。Maxime 笑着回應：「我 21 歲之前沒有入過廚房，沒有跟父親 Rene 學藝。那時我仍醉心滑雪，是法國國家隊成員，但我的滑雪技術很一般，排名不是第十名，就是第十一名，想出人頭地，可有困難了。」

Maxime 於是放棄滑雪，改行，入廚學藝，師父就是他的父親 René。Maxime 入廚二十年，與父親一起闖出名堂來。

「我的第一個孩子 Oscar 出世，La Bouitte 得到米芝蓮一粒星。第二個孩子 Calixte（仍是個男孩）出世，La Bouitte 得兩粒星。2015 年，La Bouitte 得了三粒星。不過，我仍是只有兩名孩子。」Maxime 提起他的寶貝男孩，笑得特別甜。

Meilleur 這個姓，挺有意思，那是「最好」的意思。Maxime 說：「米芝蓮一粒星，像一件漂亮的 jacket，ready made 那種。到兩粒星，是由裁縫度身訂造的 jacket。然後是要具創意，夠 original，有自己的 identity，才可以摘下三粒星。」

Maxime 與父親 René 愛創新，愛在簡單食材上，加點新意思。像那個下午吃的鱸魚，用一片脆皮麵包夾着，讓人吃出口感來。

在 St. Marcel 山區村莊，La Bouitte（小屋的意思）卻能為到來光顧的食客提供精緻、極見心思的美食。「山不在高」，餐室亦不用過大，René、Maxime 二人，加上一隊經由父子訓練出來的廚師，為食客煮出滋味的午餐、晚餐來。

「不過，要到 La Bouitte 吃頓晚飯，最好提前三個月至半年訂枱。」Maxime 問我：「你要不要現在就訂位？」

Meilleur 家族除了經營餐飲，還開了一間只有 16 間房的酒店。「Decor 以木材為主，很有 17 世紀的味道。這 chalet 是融合古典與現代美學，你們值得來這山區 chalet，小住幾天。」

欣賞過山區風景，留在 La Bouitte 那幾天，不容錯過的該是 René 與 Maxime 的「手勢」。

後記

那天試過 Maxime 親手烹調的「招牌菜」，包括 Gillardeau Oyster（蠔）、Caviar（魚子醬）、sea bass（鱸魚）、squab（乳鴿），還有 Maxime 的拿手好戲，用乳酪製作出非一般的甜品。

Maxime 說烹飪是一門藝術，在簡單食材上，來一點 artistic touch，吃起來，感覺很不一樣，吃的可是藝術品了。

Maxime Meilleur：米芝蓮三星名廚

林青霞：明星‧演員‧寫作人

與林青霞在酒店大堂喝下午茶，挺寫意的。準備了一些問題，想問，卻又覺得不用問了。我不是娛記，不用寫花邊新聞。可以的話，不必刻意問甚麼，聊天就好了。

有幾句話，倒想對她說。當年在藝術中心看賴聲川的舞台劇《水中之書》，半場休息，看見林青霞與朋友談話，不好打擾。回去寫了篇短文，談及林青霞在賴聲川導演的《暗戀桃花源》「演來樸實無華，很有德國劇作家布萊希特的疏離效果，卻能牽動人心」。「那天晚上，很想在《水中之春》演出後，找個機會，對林青霞說：當年你在《暗戀桃花源》的演出，真是十分的好。」

這幾句話，要到這個下午，喝下午茶，才有機會說出來。

林青霞說她的演技，要到《暗戀桃花源》，才開始有突破。之前她是「明星」，《暗戀》之後是演員。到主演《東方不敗》，她把內心的憤怒，在戲中自然流露出來。不是

說當「明星」年代不注重演技，是到了當「演員」，林青霞可以更上一層樓，按照電影人物造型，披露出角色的內心世界，不用刻意經營了。

林青霞的「自然」、「真情」，用到寫作上，得心應手，談及身邊的人和事，很有「輕舟已過萬重山」的從容。她的作品結集成書《窗裏窗外》，不再是當年李敖評論她主演的電影《窗外》（那是批評瓊瑤作品：沒有窗，哪有窗外）。林青霞的作品，既有「窗裏」的個人際遇，亦有窗外的無限風光。她筆下偶見猶豫，對人生不怎麼肯定，寫出人生無奈，那正是我們避無可避的煩惱，活着的煩惱。

林青霞說仍有看她的至愛——《紅樓夢》（在《金玉良緣紅樓夢》她演活賈寶玉角色）。她說喜歡加西亞·烏爾奎斯的《百年孤寂》。「小說人物眾多，名字難記，要用圖表把人名列出來。梳理好人物關係，看下去，可看出它的好處來。看偉大作品，得花點時間，捱過第一、二章，就可漸入佳境了。」

很想看林青霞寫「閱讀隨筆」文章，讓她來寫《紅樓夢》，寫賈寶玉，該有與眾不同的觀點。

「寫文章，稿費不高呀。」林青霞說。

「你不窮，可以隨心所欲，寫你想寫的文章，不用理會稿費高低的了吧。」我的回應。

林青霞聽了這一句「你不窮」，笑了。

名譽領事工作有意思

林建康說有一次在酒會與一位與會嘉賓交換個人名片，對方拿着他的卡片，看了一眼，問他：「名譽領事，那不是正職來的啊。那不過是掛個名，不用做甚麼的吧。」

「很多人有此錯覺，『名譽』也者，頭銜一個而已，沒實質工作可做，那是一個美麗誤會。愛沙尼亞共和國駐港名譽領事要做的事，比我的正職還要多呢。」

知道林建康是大忙人，卻沒想到他對不受薪的領事工作，是那麼投入的。

「先說每天要做的事吧，Day to day routine ：包括工作簽證，香港是個中轉站，當地人到香港，到中國內地工作，我都得設法助一臂之力。前些時候有國民在香港過身，我協助安排有關事宜。」當了五年名譽領事，林建康說他是愈來愈忙，但他樂在其中。

「推動商業活動，尋找商機，中國是一個重要工場。愛沙尼亞重視高科技發展，Skype 就是來自該國。我穿針

引線，尋找與其他國家（以中國為主）合作機會。愛沙尼亞傢俬，一如北歐的，很有特色，可外銷。文化，音樂皆有發展空間，香港的 Art Basil，愛沙尼亞也有參與有關活動。」

「作為歐盟成員國，得與盟友保持良好關係。愛沙尼亞使用歐羅，與歐洲同一體系（1992 年獨立的愛沙尼亞，屬前蘇聯體系，因此，對處理 Ukraine 的問題，特別小心）。當年參與政府工作的年輕一輩，經過二十年磨煉，政治、經濟、日趨成熟，說愛沙尼亞有明天，可不是空話一句來的。」

「只有七百萬人的愛沙尼亞，對移民要求嚴格（不鼓勵移民），為工作而居留下來，則問題不大。」

名譽領事工作讓林建康對該國運作，有較全面認識。外交工作可擴闊個人視野。「而對香港政府的政策，財政預算，《施政報告》，我像其他國家的駐港領事，都會知悉詳情。Being Well-informed，是做領事的好處之一。『掌握準確資訊，自能洞悉未來。』

後記

公職事忙，加上律師樓工作繁重（林建康說別人在同一時間，可以是一天、一星期作出一個決定，他則要作出四個決定）。他仍能抽出時間，每逢假日，與家人一起出外作逍遙遊。「在地

林建康：愛沙尼亞共和國駐香港名譽領事

中海乘坐郵輪，看見藍天白雲，可以放鬆下來了，會察覺人在天地間，是那麼渺小，真的不用那麼緊張。Life goes on。」偷得浮生半日閒。在不知名的沙灘坐下來，喝紅酒，吃海鮮。（林建康說紅酒學問博大精深，他剛學曉喝酒之道：「不在價錢，在於與食物的配搭，matching 千變萬化，懂得吃，懂得喝，樂趣無窮。」）

懂得生活藝術的林建康，活得精彩。對修讀法律，林建康認為自己的選擇是對，「讀法律，英文會好些。懂法律，可保護自己，對事業很有幫助。」

「世界在變，年輕人一樣要變通，update 自己，才能迎合時代需求。我們得思考，人生目標是甚麼，我們追求的又是甚麼。」這一刻的林建康，說起話來有點像哲人了。

巴黎‧浪漫不浪漫

大家都說，巴黎是個浪漫的城市，因為那裏居住的人夠浪漫。想浪漫，去巴黎。

綠騎士旅居法國三十多年，最有資格由她道出真相來：「有個朋友，覺得巴黎是個浪漫的花都。她相信地下車中的乘客都捧着詩來讀，在街上打個噴嚏都會噴到個藝術家。」

「當你確實居住下來了，雖然畫廊、書店、舞台、戲院仍是多得叫人目迷五色，都發覺生活仍是生活，不論花都、草都原來都是一樣。」

2014 年 4 月 17 日，與綠騎士、她的先生傑在巴黎舊區一起吃法國菜。餐廳昏黃燈光，我們四人喝法國紅酒，一起吃血鴨或燉鴨，怎討論「巴黎是個浪漫城市麼」這話題呢。

帶去綠騎士最新文集巴黎文叢：《花都調色板》（2014年 1 月大象出版），請她簽名。綠騎士 1987 年寫了篇〈花

都一日〉，道出尋常日子，在香港、巴黎過，都會是一樣的過：有愛說三道四的鄰居，有為節省一點錢而到離居所遠一點貨品便宜一點超市入貨的，有抱怨生活苦悶的。還有，綠騎士發現愛唱歌、有點藝術家氣質的工人，工作效率奇慢。綠騎士為生計而奔波：「下班時間，地鐵裏人們互相擠扁了，交換着汗臭，沒見到有人在讀詩。」

綠騎士那時還得接送女兒上學、放學，又得為自己的工作而忙，她說：「出版社負責人不多不少也是讀書人，有些卻一點兒也不會因此而降低其刻薄與反覆無常。」她的丈夫傑經過一天辛勞，返回家，已滿臉倦意，怎樣說浪漫呢，說句夢話仍是可以的。傑說要離開巴黎，回歸大自然，男的到高山牧羊，女的畫畫、寫作。

話，三十年前說的，現在綠騎士與傑仍留在巴黎。

那天晚上，我們喝酒、談天，興致那麼好，何苦一本正經，談巴黎生活浪漫不浪漫呢。

對綠騎士的生活，所知有限，遂請她談談她的近況。綠騎士說：「孩子們長大離家了，回復了自由身，習慣了

最遲七時便起床，傑去了上班，趁着早上的陽光最明媚，通常是在古典音樂陪伴下畫畫，若天色暗則會寫作。」

然後到公園散步，綠騎士下午處理雜務、看展覽、見朋友、購物。黃昏出席展覽會、音樂會。不然的話，留在家中看 DVD 或與親友通電話。

綠騎士書寫巴黎的文章，聽她談近況，不及浪漫情懷。但她書寫生活，自然流露出來的，正是浪漫溫馨情調。傑拍了一輯綠騎士近照，拿出來讓我們欣賞，誰敢說他不是個浪漫的巴黎人。

巴黎，對我和范這兩名遊客來說，當然是「浪漫」的。在巴黎的一星期，過得可不是平日所過的日子。

後記

綠騎士 2012 年寫了一篇與旅法畫家常書鴻有關的文章〈兩張畫像・零芝靈沙〉。常書鴻的敦煌之旅，教人看得心痛，常書鴻真的做到為藝術而犧牲。綠騎士寫出「人間愛恨纏綿之複雜，比敦煌數百窟有過之而無不及」。實為

動人之作，綠騎士 2014 年 9 月在巴黎第六區市政廳 Mairie VI 舉行個人詩畫展。

那天晚上，吃過晚飯，我們路過當年海明威的巴黎舊居，綠騎士說：「不來看我的畫展，也該到 Petit Palais，看 Carl Larsson et 1900 的作品，值得去的。」

第二天，我們去了 Petit Palais。

尋寶遊戲

退休後小思比起從前，更為忙碌了。「一個月要出動兩三次。」小思說出動，是到港九（不知道有否包括新界）舊書攤檔尋寶。十八年前曾到小思的藏書閣（她有一所房子收藏她的研究資料、文學檔案、叢書、戰前戰後香港作家的作品），佩服她有此能耐，以一個人的力量，做出一隊人也不一定可以做得來的整理香港文學工作。十年辛苦不尋常，小思用了三個十年來梳理香港文學，其過程的艱辛，實非筆墨能形容。

退休前，小思作出一重要決定：把她的收藏、有系統整理出來的資料，都送到香港中文大學圖書館，讓研究香港文學的學者、學生有一好去處，在那裏，可享用小思辛苦整理出來的成果。

那麼，退休了，還忙甚麼呢？

「尋寶，那是我的玩意，尋覓過程，可有樂趣的。」

小思仍在找「三毫子」小說。上世紀五六十年代不少

本地作家，為了謀生不得不寫流行小說。嚴肅文學作品難有銷路，為了生計，他們不得不寫「三毫子」小說。「環球」出版過不少日後成名作家的作品，如今一本「環球小説」，底價三百元。

「有內地買家，到香港專門找文學雜誌期刊，他們只要創刊號（有些雜誌，出版幾期就停刊，更有出了第一期，就沒再出。），因此，不少在舊書報攤的雜誌，已沒有完整一套雜誌，因創刊號都給搶購一空了。」

記得看過三蘇當年寫的雜文，他以史得、石九公、經紀拉筆名撰寫的專欄文章，卻沒機會看到。如今想看，可到小思捐贈、現收藏在中大圖書館「香港文學特藏」找找看，一定不會失望的。

談到藏書，小思提到現今作家的簽名本有價。當年寫書話的前輩，收藏不少珍貴的作家簽名本，拿到拍賣市場，皆可賣到個好價錢，一本簽名本比寫一百篇書話的稿費還要多。

小思志不在此，她收藏的作家簽名本，都送到圖書館。

　　小思仍要四出「尋寶」，到舊書檔尋找她仍未見過的小說，被遺忘作家的作品。找到「寶」的機會愈來愈少，而這，不正是尋覓的樂趣麼？

後記

　　對話完畢，小思喝她的凍檸茶，我喝我的咖啡。小思談到最近看了陳寶珠和梅雪詩主演的《再世紅梅記》，陳寶珠的演出是「出奇的好」。白雪仙對她的徒兒要求極高（對梅雪詩一視同仁），嚴師出高徒，陳寶珠對師父仍是又敬又畏。前輩寫過一篇《人人都道小思賢》，說香港文化界幸而有這樣的一位好老師。認識幾位小思的學生，出色語文老師來的，她們都說「盧老師好嚴，要求好高」。

　　有機會得問問陳寶珠，她心目中的嚴師是怎樣的。

萬億散盡難復來

作為「長遠財政計劃工作小組」成員之一的廖柏偉教授，說萬億儲備看似很多，要是政府每年開支是零增長，而不是保守估計的百分之三，十四年後該仍有盈餘的。不然的話，2028 年我們將再沒有儲備可用。

「加稅不是辦法。」廖教授說。

「要設立『未來基金』，把土地基金轉化為『未來基金』作儲備，未來十年都不能動用。」

加稅不一定會增加收入的，加稅或會令經濟更差，日本是個活生生例子，香港不能步日本後塵。現今香港營商環境已困難重重，加稅會促使企業撤離香港，資金流失，那是得不償失了。

「未來基金」不是萬能，但不再作長遠打算，則萬萬不能了。「澳洲已設立類似基金，以防萬一。」

不知道這樣的預測算不算是「大膽假設」，如何小心求證，要是這一天真的到來（十四年，瞬間就會到來），

我們的政府須借貸度日，市民的生活質素下降，那時才想辦法，恐怕太遲。

廖教授說香港人口老化是一大問題，政府「用在我們這一代人（我與廖教授是同代人）的開支將會是倍增」。那是包括「長者生活津貼、高齡津貼、安老服務、公共交通優惠、醫療」。

看來，我們得自求多福了。廖教授懂理財之道，說要儲蓄，人民幣是可靠。貿易，用人民幣結算增長迅速，亦可作為「互換」貨幣，又可「離岸結算」。

只知道儲蓄「人仔」仍有利息可派，港幣近乎沒有。人民幣儲蓄賺取的利息，對日後生活，該有點幫助。

對退休人士來說，坐食山崩，看來最後還得靠政府的資助了。「小組」的防赤建議，可不是杞人憂天之舉。「量入為出」看似保守，卻可讓政府毋須借貸度日。

訪問外一章

與廖柏偉認識多年，很少有這樣子一本正經談儲備問題。訪問結束，可以閒話家常，談談近況。柏偉說他八十年代回港在大學任教，那時他「買不起樓」，那是他昔日的煩惱，也是今日年輕一輩的煩惱。

對想讀經濟的同學，柏偉建議「同學該多留意經濟新聞，了解經濟大環境，學曉分析問題」。打好數學基礎，對「學好經濟這一科，至為重要」。

這個下午，我聽懂了柏偉說的這一句：當開支比收入大，我們將會「陷入結構性赤字」。

希望這一天不會到來。

半滿的水・滿足・感恩

2014 年 6 月 24 日訪問沈祖堯教授，讓我想起多年前在港台主持讀書節目《開卷樂》，找來嘉賓談他的作品。那時訪問了金耀基教授談《大學之理念》，金耀基的廣東話與我的普通話一樣，說得不怎樣好。他用普通話道出他的留學歲月，撰寫《理念》的經過，十分精彩。這個下午，與沈祖堯談他的《半杯水》，「灌溉心靈的半杯水」，用廣東話，加幾句英文，話說得親切，談得愉快。

2012 年 11 月 29 日，在中大的頒授學位典禮上，沈教授在他的講辭提到「感恩」的重要。又指出最重要的，是香港社會氣氛何其自由，機會何其平等。

那是一篇樸實無華的講辭，沒有高深莫測的大道理。說的看似尋常，卻是實實在在的人生體驗。該是這篇講稿，沈教授覺得可以把他的所見所聞，寫下來與讀者分享他的想法。

沈教授放在《半杯水》第一章：「感恩緣起」，就是他的親身經歷，〈謝謝對你不友善的人〉說的是他當年在

醫學所受的磨煉，「今時今日，要是還有這樣『惡死』的老師，學生不去投訴，學生的家長也一定會挺身而出，指出自己的孩子飽受老師折磨了。這是『家婆蝦家嫂』的惡性循環故事，會一代又一代繼續下去的。不過，到我這一代，該停止了。回想起來，『他們並非特別針對自己，他們和我一樣，都只是貫徹自己的道路。』」

其後沈祖堯在天寒地凍的加拿大卡加里大學攻讀博士學位，日子過得苦不堪言。〈一包弄好的餸菜〉寫出一位移民加拿大多年的香港護士給沈教授送來的餸菜，帶來「人間溫暖」。雪中送炭之舉，讓沈教授「每當遇上從外國來的學生和受訓醫生，都會想：他有沒有好好的吃頓晚飯？他的門上又是否需要掛上一包餸菜？」

沈教授幾篇談及當年沙士，真實個案轉化成文字，牽動人心。像〈在沙士房的道別〉，可拍成《獅子山下》，讓香港人重溫當年教人難忘的故事，沈教授另一部著作《不一樣的天空》，說的都是發生在沙士期間的真人真事。《天空》展示出人間有情，醫護人員肯勇於承擔，不怕危險，拯救病人，盡忠職守，顯出人性高貴可敬一面。

後記

「大多數學生皆能肯定公平公義的重要，他們敢言敢行。」沈教授對此十分欣賞，但這一代的父母，有些過份寵愛自己的子女。「試過有父母代子女填寫申請職位表格，又有父母向我投訴子女一星期的當更次數過多（與我當實習醫生時的 on call 次數比較，這真不算甚麼）。亦有學生着重點只放在香港，不肯放眼世界，排斥內地生（他們大多品學兼優），這是很可惜的。」

喜歡與學生「打成一片」的沈教授，四年前已有與同學一起在百萬大道觀賞世界盃決賽。「那時我只有一件橙色的波衫，穿在身上『好瘀』啊，這一次（7 月 14 日）不知再穿橙色波衫會不會好一點，勝出機會多一點。上星期身在荷蘭，到朋友家作客，他們一家人（都穿上橙色球衣）觀賞賽事。荷蘭隊勝出，他們歡喜若狂，不過，決賽一役，哪一隊勝出，我是一樣開心的。與同學一起看世界盃，會很累，但曾很開心。」沈教授笑着説。

馬斐森：我的‧大學的‧挑戰

第一次面對面與馬斐森教授談了幾句，是在港大舊生會慶祝八十五週年的晚宴，時值 2014 年 5 月 3 日。當天晚上，致歡迎辭的舊生會主席說中國人有為初生嬰兒擺「滿月酒」的習俗，馬斐森教授當上港大校長剛好一個月，「滿月」，值得慶祝。馬斐森教授答謝時說是第一次聽到「彌月之喜」的講法，像他第一次講廣東話，別人聽得明白，感到開心不已。

這個下午（事隔兩個多月）在港大教職員餐廳與馬斐森教授第二次見面，有一小時對談。我的開場白：如今擺「滿月酒」少見，倒是擺「百日宴」多了（嬰兒出生一個月還小，還是到百日才來慶祝好些）。「你上任百日，可不會像中國清末的『百日維新運動』，失敗收場吧？」

馬斐森教授笑着回應：當然不會，港大「底子厚」（有「好」的教職員、學生、校友、友人的支援），港大的 Legacy 可以繼續下去。優良傳統是一代傳一代的。我當上第十五任校長，任重道遠，我是樂意接上此棒，接受挑戰。

　　馬斐森教授是愛新挑戰的。決定了來港大，沒有後悔（他起初是有點擔心，沒法照顧年紀老邁的母親，後來教曉她用 Skype 及 WhatsApp 後，他可以與 85 歲的母親保持密切聯絡，放心了）。

　　「港大是一個『機會』。而這個『機會』得來不易，從申請這份工到成事，用了十八個月。從『人生路不熟』到開始認識港大運作，其間得到家人的鼓勵，各方面的鼎力支持，教人感動。」

　　就「滿月」宴的那個晚上所見，馬斐森教授在主家席與幾位副校長、教授、舊生、校董談笑風生，不見拘謹。馬斐森教授給人的第一個印象是忠厚沉實（同枱的幾位舊生都說馬斐森出任港大校長，乃港大之福）。

　　第二次見馬斐森教授，仍可見他的誠懇、隨和，他不是沒有主見的人，他說在大學的首要項目，都得優先處理，不可偏離既定目標（not being deflected from doing the right things）。

　　Priorities 可多：保持及發展港大的優勢，加強學術研究，肯定學術自由；與中國大陸大學的合作，日益重要，

與世界各大學的學術、文化交流（讓其他大學皆覺得與港大合作，雙方皆有裨益）。

馬斐森教授出任港大校長，說很快習慣下來，「這是所『英式』大學，對我來說，『接軌』容易。」他說的「英式」，是大學的制度，與英國的相似。「『英語』，是世界語言，儘管學生平日多說廣東話（內地生說普通話），他們的英語俱能達標。港大畢業生就業率高達百分之九十九，這與英國的百分之六十至七十（歐洲有些國家，大學生就業率偏低），值得高興的。」

後記

馬斐森教授說自己是個標準的「住家男人」（family man），他的家人十分支持他到香港工作，不過，到了假期，他們會把探親視為他的 priority，第一時間「回家」去。

馬斐森教授即席用了原子筆寫下他的中文名：馬斐森。筆畫清晰，一筆接一筆的，不見吃力，帶點稚趣，卻沒半點拖泥帶水。

劉見之：色彩見真情

星期天，到中環元創方看畫去，在眾多展品中，看到少年畫家劉見之（Kenny）的作品。繪畫風格起了微妙變化。展出水彩作品，卻有接近油畫的繪法。印象中的水彩畫，筆觸較為柔巧，顏色較清淡。那是傳統對水彩的看法，Kenny 的作品，早已打破那框框了。

Kenny 出現眼前，幾年不見，當年的小畫家，如今是「少年」畫家了。

Kenny 剛 參 加 Small Montmartre of Bitola「 國 際青少年蒙馬特現場繪畫比賽」，在北馬其頓（North Macedonia）即場寫生。一如過往比賽，Kenny 獲得 2019 Best top ten winners。Kenny 的弟弟禹之 Eugene 亦有參加比賽，成績不俗，他的畫作風格，接近印象派，與哥哥的畫，完全不一樣。哥哥畫得出色，弟弟也不錯，各自精彩就是。

在國際繪畫比賽獲獎無數的 Kenny，人仍是那麼謙和，說最開心的一次：「四歲時在捷克獲得玫瑰金章大賞。我在比賽畫了一隻大老虎。當時得獎，感到迷惑不解，不知

得獎是甚麼一回事。媽媽向我解釋清楚，我才明白過來，也開心起來。」

Kenny 畫的這隻老虎，我見過，一點不嚇人，是一隻可愛的大老虎。

隨着年歲增長，Kenny 對繪畫，視之為樂趣無窮的活動：「畫畫時，總會感到說不出的喜悅，滿足。」

談到志願，Kenny 該比同齡少年來得容易：「我想做建築師、設計師。不過，五年後也許會改變主意。不管怎樣，我希望從事與藝術有關，能造福社會的行業。」

每年出外參加繪畫活動（不一定是比賽的），都有驚喜。Kenny 兩年前到過意大利的五漁村：「那裏的建築獨一無二，五彩十色的大廈面向碧海，場景震撼。我在那裏畫了幾幅水彩，還送了一幅給餐廳主人。」

顏料落到 Kenny 手上，千變萬化，可變出他想要的效果來。Kenny「不會刻意改變自己的風格，希望能夠隨心所欲發揮」。幾年來，Kenny 作品起了的變化，是漸進的，既自覺，又不自覺，邁進另一境界。

　　Kenny 最欣賞的畫家：「畢加索，他小時候畫功出眾，很有天賦。畫作已媲美當代畫家，但他沒有就此停下來，他突破自己，創出立體主義等多種新派畫風。」

唸小學時，見之眼中的校長。

　　對 Kenny 來説，要突破自己，該不是難事。他會隨着狀態走，把顏料塗在畫布上，畫出新天彩地來。

後記

　　Kenny 其後傳來幾句心底話：「我不是只愛繪畫的，我會焗蛋糕的呀。」

　　Kenny 還喜愛打乒乓球、種植。愛閱讀，最愛歷史。

　　就是不知道在吃親手焗出來的蛋糕前，Kenny 會不會先把它畫下來，而不是用手機把它拍下來。

伍丹農：書信中的情與愛

見伍丹農 Dan 那一個下午，仍在看剛剛拿到手的《寄給與我相同的靈魂》，Dan 從英國去北京，經過香港。他寄的書，是經他哥哥轉寄過來的。約好下午四時見面，不得不先打了個電話給 Dan：「可以遲半小時才見麼？仍在看你的書，不把書看完，談起話來，只能說應酬話，沒意思的。」

Dan 回應爽快：「好呀，我們下午四時半在咖啡室見。」

一口氣把 Dan 與明月的故事看完，意猶未盡。Dan 把他與明月初相識至結婚時的流金歲月記錄下來，那是半個世紀的故事了。前二十年的浪漫日子有了，往後三十年的踏實歲月呢？Dan 在書結尾時說那是「一千零一封信的故事，是一輩子的美滿。」在「閉幕」一章，他說「我們的旅程才剛剛起步。」說「意猶未盡」，是想看他們往後二三十年的故事。

終於可以與 Dan 面對面，聽他講他的故事了：「那是少年不知愁滋味的日子，上世紀六十年代的故事。我 15 歲，

在香港唸中學，明月 14 歲，在馬來西亞檳城讀書。很偶然的一次機會，我們做起筆友來。」

六十年代，香港中學生流行與海外學生寫信，「有些同學，筆友多多，無暇應付那麼多的書信往來，某同學給了我明月的地址，我們就開始了一個月一封信，『慢熱』得很，明月是個『害羞』女孩，我雖然性格比較急躁，每次仍得耐心等候她的回信，才再寫信給她。我們通信，過了六個月，才互相交換照片。」

一般少年，寫信給筆友，只有五分鐘熱度，一封起，兩封止。Dan 可不是這樣的少年人，他的筆友明月也不是。Dan 說他寫信給明月，態度是認真的，那過程是興奮，充滿喜悅之情的。

沒有問 Dan 他與明月是不是「一見如故」（是指看過對方照片之後，知道對方就是自己至愛，是不用問的。）這個下午，聽 Dan 細說從前，仍可感受到他當年是怎樣迷戀仍不曾見過面，只是書信往還的明月：「第一次見面，是我到檳城去見她，我十分緊張，明月卻顯得從容自在（其實她也會有點緊張吧），那不是甚麼電影感人場面，回想

起來，真實人生就是如此，不會是驚天地，泣鬼神的場面。」

Dan 是在英國唸航空工程的，理科學生，處事極有條理：「與明月的信件，我都有保留下來。明月也把我的信保存得很好。我們在英國結婚，把近千封信整理好，串連起來，見證我們從初相識到結婚的美好日子，是那麼難忘的啊。我的第一本書《寄給與我相同的靈魂》，一開始，我們已有心靈感應，把真心話化成文字，寄給對方。隨着年歲增長，我們的通信，看出大家變得成熟了，那份愛意，更濃得化不開了。」這位空氣動力學專家（Aerodynamicist）說的時候，真情流露，笑得開心呢。

後記

其後 Dan 電郵過來兩張他與明月在英國的合照，一張是 1973 年在 Hyde Park 拍的，另一張是 1974 是在 Southampton 採摘草莓拍的。Dan 又 WhatsApp 傳來明月 1937 年 12 月 13 日的錄音，明月清唱《好母親》（Cradle Song Brahm），雖然是一個人唱，我想那該是 acappella 來的，Dan 每次聽，一定會和唱的吧。

　　與 Dan 見面前，我在想：中山美穗的《情書》、湯唯的《北京遇上西雅圖之不二情書》與明月的《檳城·香港兩地情書》或有相似之處，其實是不一樣的。Dan 傳來一句：「倘若我（與明月）10 歲左右就認識，會更好玩。」

　　那就變成《兩小無猜》（Melody）電影情節了。

伍丹農（右）與明月（左），攝於 1974 年夏天。

第四章

祥看人生

過去、現在、將來。

2019 年 11 月 30 日，應邀出席拔萃男書院慶祝一百五十週年晚宴。來自不同屆別的校友，有師兄，同代人，年輕人，濟濟一堂，大家都顯得那麼高興，當晚不乏牽動人心，教人感動時刻。

慶典過後，寫了幾篇文章，記下當天晚上所見所聞。半年前的一百五十週年校慶活動，五十年前的一百週年校慶，都成歷史了。

半個世紀前，我們那一代人，大學剛畢業，或仍在中學，大學唸書，為日後可到哪裏工作，或到哪裏升學，感到困惑、徬徨，都成為過去了。

徬徨少年時，該是下一代人的成長經歷了，「由他們來說」是上一代或同一代人的故事。

2046 年，來到那一年，現在唸大學，中學的年輕人，正當盛年，他們過的，會是怎樣的人生呢。

人生三部曲，有過去、現在、將來。將來，屬於年輕一代的，過怎樣的日子，該由他們來決定了。

這一個晚上

這個晚上，George 沒有到來唱《每一個晚上》，《男兒當自強》，憑歌寄意。慶祝母校一百五十週年：先來一首《生日快樂》，再唱首本名曲。

George 不止一次在學校活動中亮相，在草地球場，管絃樂團伴奏，引吭高歌。在校內音樂廳，表演歌藝。

這個晚上，可以到來的舊生都來了。

有四、五十年前離開香港，到外國唸書的舊生，一直生活在他鄉，「少小離家老大回」，都說香港變了，變得陌生了。「不過，見到多年不見的同學，感覺仍是那麼親切。」不變的是友情。

近二千人聚在一起，坐在會展大禮堂內，愈近舞台的，輩份愈高，坐在大堂外的，多是剛剛畢業，剛到社會工作的年輕一族。這是「回家的日子」，坐在哪裏，都不是問題，相見歡，有那麼多話題。只一個晚上，可說不完呢。

剛吃過頭盤，已見不少舊生滿場飛，是去看看當年教

過自己的老師，有否出現，看看早自己一兩屆的師兄，有
沒有到來。尋人遊戲開始，一發不可收拾。氣氛熱鬧，開
始喧鬧起來。

台上一眾不同年代的舊生，rap 得精彩，把學校的傳統
精髓，詠唱出來。年輕一代，該不知道「Gym 後面」的意
思了。上世紀，六、七、八十年代，男生之間的私人恩怨，
可到 Gym（體育館）後的小草地，公平比試，解決問題。
然後，大家就和好如初了。

那年代，沒有到過 Gym 後面較量，沒有被校長鞭打過
的，「好打有限」。

十年

十年前，在同一個地方（會展大禮堂），學校舉辦一百四十週年慶典活動。那個晚上，老校長由他的得意門生，駕車到他新界的住所，接他到港島，出席盛會。

老校長在祝酒儀式過後，晚餐也不吃，就先行告退。他的弟子，一樣不吃晚餐，送老校長回去。

那天晚上，老校長有點不舒服，本應留在家休息的。但他堅持到來，與從海外回來的舊生聊天（不少校友都爭着說，當年也曾被老校長打過籐呢）。相見歡，大家都前來與老校長拍照留念，問好。這樣溫馨的場面，可多見呢。在老校長退休後，他教過，打過的學生，都會在過年過節，到他的住所，閒聊一個晚上，探訪老校長，實屬尋常事。

被老校長用籐條打過的學生，追憶從前，都覺得那是一種榮譽。至於可以到校長住校園內的住所，住上幾天的學生，更屬天之驕子了。可以暫住的學生，先決條件：住得遠，不是宿生。出色運動員，或與校長談得來的領袖生。

當年，不少同輩書友，五年或七年的中學生涯，沒有被老校長籐條打過，也沒有機會在校長住所留宿，回想起來，不無遺憾。

陳年好酒

年份愈久，瓶中酒該會是愈好，愈甘香。當然，先決條件是看瓶中酒的年份，當年用的是甚麼樣的葡萄，是哪一個釀酒區酒莊的出產。不過，一眾到來敍舊的同年代，同班同學，都會說他們的那一個年份，該是最好的了。

不用比較的，都是來自同一酒莊（同一間學校）的產品，儘管年份不同，核心價值倒是一樣的。敍舊，閒話當年，都有共同話題，就可以了。至於談到當年的趣事，也不過是怎樣作弄老師，同學之間怎樣文鬥武鬥，比試高低，怎樣與友校好手在運動場上，拼個你死我活，怎麼與心儀女校女生一起唱歌，高呼友誼萬歲。述說起從前種種，不無誇大，不盡不實。口述歷史，感情是真的，就不用考究與事實的差異了。

試過與同門師兄說起當年校內趣事，我們都在同一時期，見到同一事件，但多年後，我們同一級同學所見所聞，竟然與早一兩屆的師兄的，大大不同，不是記憶出了毛病，是不同年份的舊生，他們的集體回憶，觀點與角度，不一

樣的。

　　這個晚上，每一枚的舊生，多是同一年份的「產品」，他們說同樣一件往日趣事，內容一樣，敍事方式不同，重點不同，各說各話，不用求證，這樣才好，誰要在這個晚上，那麼認真，尋求歷史真相呢。

活着

一年、五年，還是十年一度的校慶活動，該來的人都來了。同一屆的畢業生，二十年前，甚至是十年前，遇上五年或是十年的大型慶典，總可坐滿兩三枱人，而且，每枱總有一兩位老師是座上貴賓。然後，出席的老師減少了。有那麼多屆的畢業生到來，同一時期的老師不夠分配了。而出現的同班「書友仔」（他們都愛這樣稱呼一起成長的同班同學），亦愈來愈少了。起初有點不習慣，然後，知道這是常態。

這個晚上，大家坐下來，不會問：某某同學去了哪裏？某某老師又去了哪裏？（有某一位老師，出席同學飯局，總愛對大家說同樣的笑話：「有同學見到他，會問：你仍在呀？所以可以的話，他一定出席舊生活動，來吃一頓免費晚餐，是知道，有這麼一天，他來不了。」）

這個晚上，這位老師沒有出現。他已經有幾多年沒有亮相了。

不來也就不來，一切盡在不言中，不用查根究底的。電影《似水流年》中有這樣的對白：到我們這把年紀，已有人先走一步了。

「唱《似水流年》主題曲的梅艷芳比我們年輕，也走了好些年。如今，我們可不用鬥長命，活得開心就是。」同門師兄如是説。

説得好，這個晚上，難得聚首一堂，閒話當年，想説甚麼就説，百無禁忌。大家都不用比較，誰的成就大些，誰賺的錢多些，都不用説的了。大家都同意：活着，身體健康，比甚麼都來得重要。

暖暖的

多年不見的舊生出現眼前，看來我們共同的話題不多，卻又不是無話可說。只是，不用說了，一個擁抱，盡在不言中了。

有從海外回來的「書友仔」說：「回來，是找回那感覺呀。我的兒子（更不要說我的孫兒了）問：『花那麼多錢買張機票，坐十多小時飛機，那麼辛苦，去見誰呢？當年教你的老師多已不在了。當年的同班（不是同級）同學是一個起，兩個止，還回去幹麼呢？飲宴地方，不是學校，是會展，你或許會見到似曾相識的人，一起唱校歌。你還要回去，追憶從前麼？』」

書友仔的回應：「是呀，回去，沒有人認識我。在慶典活動，我不過是毫不起眼的一名年紀老邁之人，連校歌都唱得五音不全。我打的校呔，又舊又過時（那年代，時興大關刀呔），我的衣着更是老土極了，但那又有甚麼關係呢。」

　　書友仔說：「幸好買機票的錢我有，住酒店的錢也有，不用兒子給我買。不然的話，甚麼地方都不用去，更不要說回香港一趟，為的只是出席一個晚會。然後，在我離開香港前，去母校看看，也就功德圓滿了。」

　　這個晚上，說是校慶一百五十週年晚宴，那可不是一個圍爐取暖活動，書友仔說他感覺良好，很是主觀的：「你不用對同枱吃飯的同級同學說，我很開心呀，見到你們真的很好呀。有些話，不用說出來的。」

後會

　　到來出席慶典活動的舊生（另一種講法是校友，親切一點的叫書友仔）來到曲終人散的一刻，可有依依不捨之情了。這樣的聚會，五年、十年才有一趟。可以相見歡，十分難得，但這晚的活動，不得不提早結束，主辦單位希望到來的嘉賓，可以及早乘坐地鐵回家。大會亦安排專車，送嘉賓到港九幾個大商場。

　　有校友說：「沒想到，這些日子，竟有亂世感覺了。」校友上世紀六七十年代離開香港，到外地升學。一去，再回來，是半個世紀的事了。

　　四十年前，詩人辛笛到香港參加文藝活動，幾天下來，他是疲累不堪，話說多了，聲線都沙啞了。在半島喝下午茶，他對我們說：「可以留下來的話，我可不走了。」話，說得認真。那年代，我們最愛朗誦辛笛的詩句：「再見，就是祝福的意思。」那天下午，在半島，他留心聽我們誦讀他的詩（之前，辛笛在港台介紹他的作品），聽着聽着，他的情緒，受到牽動，顯得有點激動呢。

　　與書友仔握手，說了聲再見。書友登上專車，過海，返回九龍。我們捨不得就此離開。負責策劃整個活動的校友，知道「天下無不散之筵席」，但可以多留一刻就一刻。是知道，下一個五年、十年的慶典活動，不一定會由他們來打點一切的了。

曲終

　　與會的年輕人都在問：

　　「甚麼時候，我們再聚一趟，赴會的，都得表演：拉奏小提琴、吹色士風、彈結他，無伴奏 acapella，單人 rap 歌、拉二胡、吹笙。」

　　可就是一個小型音樂會了。有年輕人問：「我不懂玩樂器，又不曉得清唱，怎麼是好？我可以朗誦一首詩麼？」

　　「當然可以。」一眾與會者的回應。

　　在公開場合，誦讀詩詞也會有壓力的少女說：「我還是不來了。」

　　「要來的，今天出現的人，都可以來，不表演，可以呀。做觀眾好了。一個 party，每個人都表演一個項目，恐怕大家都不用吃飯了。」

　　還是環保少女說得好：「我們都答應了，明年今日，一年後，我們會寫一篇〈未來的我〉，就當那是入場券。

大家憑券入座。好不好？」

「當然是好！」我在想。那是我給他們的功課，就是不好迫他們準時交給我。

已有幾位年輕人面露難色，看來不怎樂意去做這功課，也不想交這功課。

環保少女最擅長寫報告，交功課對她來説，輕而易舉。她倒懂人情世故，説：「明年今日，大家有空，一定要來啊，表演你的拿手好戲，是錦上添花。交功課，是你覺得有話題，想説出來，與別人分享。重要的是，我們平日各忙各的，好不容易一年才有機會見一次。曲終人未散，記得明年今日再見。」

同一個人

同門師兄寄來一本厚厚的硬皮刊物，那是他們同屆畢業生的集體回憶錄，書刊內容豐富，圖文並茂，打開一看，就要一直看下去。吸引我的，不光是師兄昔日在校內與同學之間的趣事，而是當年教他們的老師，也有教我們的，為甚麼看起來，有那麼大的差別。

多年前，我們在同一間學校唸書，因為不是同級「書友仔」，遂對他們那些年在校內的活動，所知不多（當然，那時候校內的「明星」：運動好手，出眾音樂人，不管他們是唸哪一級，同學還是知道的）。

說是師兄，也算是同代人。師兄回憶從前，把教過他們的老師，在校園生活點滴，書寫下來。我們看了，有點奇怪，說的是有教過我們的老師，師兄的觀感與我們的，竟有那麼大的差異。我們的記憶，不是那麼可靠。亦有此可能，同一位老師，當年在不同班級的表現，有所不同。我們眼中的老師，都是很有個性，各自精彩的。我們追憶從前，對當年教過我們的老師，有彈有讚，又加鹽加醋，

日子有功。同一屆的同學，口中的某一位老師，與另一屆同學的講法，不一樣，不足為奇。

談起教過我們的老師，說他們怎樣怎樣，其實我們與老師的接觸，沒想像的多。說起當年老師，我們說的是對老師的感覺而已。不同屆別的同學，對同一位老師的觀感，怎可能會是一樣的呢？

暖化成災

在英國連鎖書店，在付款櫃枱前，可見到這一本只有 68 頁的著作，Greta Thunberg 所寫的《No one is too small to make a difference》。16 歲的瑞典中學生 Greta，眼見全球氣候暖化問題，日趨嚴重。她決定不去學校上課，一個人走到國會大樓外靜坐。

有人批評 Greta 是名「Asperge」，「自閉人士，可以做些甚麼呢？」Greta 的回應：「Asperger 不是病，是一種恩賜，讓我做一般人不會做的事。要是我是個正常的人，我或許會加入環保團體，或自己成立一個相關組織。」Greta 不懂社交技巧，「not good at socialising。」只好一個人到國會大樓外，靜坐，舉起反全球暖化標語。「a whisper sometimes is louder than shouting」Greta 不發一言，卻引起社會大眾關注，其後不少青少年都加入反全球暖化運動，Greta 讓人明白：「不要叫人少看你年輕，我們可以改變世界的。」

瑞典公民享有「靜坐，示威」的自由，Greta 父母支持

女兒的行動，學校尊重 Greta 的決定：為「氣溫暖化事件：climate crisis」上街遊行，少上一天課，有甚麼問題呢？

　　Greta 說自己不是專家，她對全球暖化問題，不會胡說八道，她會請教這方面的專家。在這不斷學習過程中，Greta 對全球暖化現象，比一般民眾知道得更清楚。她說：「如果我們現在不正視氣候變化問題，不再做點甚麼，有這一天，我們後悔也沒有用，一切都太遲了。」

敢言

Greta Thunberg 把她在世界各地的演講結集成書《No one is too small to make a difference》，16 歲的她，不算是「童言無忌」了。不少人對她所講的一套：「我們的地球暖化問題，日趨嚴重。」覺得是老生常談，並無新意，因而並不重視她所講的環保課題。

Greta 說：如果我們都肯聽科學家所講：同意「全球氣候暖化，不容忽視」，我們這些少年人，便不用站出來示威遊行了。我們都返回學校唸書了。說得對，我們不過是小孩子，不用這樣做（We children shouldn't have to do this），但是成年人不肯做，我們便得去做。未來，是我們的呀。

Greta 說我們得要有危機意識（to treat the crisis as a crisis）。那並不是自己嚇自己：「當你的住宅發生火警，你不會甚麼都不做，坐下來，只想日後如何重建家園，而是叫消防隊來救火。」面臨全球暖化問題，我們不能袖手旁觀。

Greta 說這是個黑白分明問題（a black and white is-sue）：we need to stop the emissions of greenhouse gases. 不能超過 1.5 degree C 。不然的話，終有一天，我們無藥可救。

在網上看過幾段 Greta 的演講，對話。16 歲的她，面對權貴、專家，沒半點怯意，因她相信自己所講的：有關生存，沒有灰色地帶的（There are no grey areas when it comes to survival）。

所言屬實，還用怕甚麼呢？

選擇

《Letter to my younger self 》，說的是人到中年，甚至晚年的「我」，寫一封信給五十年前，年輕的「我」。一筆在手，當然有書寫的自由，想講甚麼都可以。寫給年輕的「我」的信，其實「得個講字」，不能改變甚麼的了。

與有看過此書的友人 WhatsApp，問他：「要是可以對當年 16 歲的『你』，説出心底話，你會説甚麼呢？」

友人的回應：「做事不可半途而廢呀。喜歡做的事，不能三心兩意，得不怕辛苦，向着目標邁進。16 歲那年，我是多麼希望可以到法國留學。結果我是留在香港，依從父親的指示，在大學，讀我不喜歡的科目，畢業後，做我不怎樣喜歡的工作。惟一的好處，是賺的錢，比當年到法國留學的『書友仔』多。」

友人接着説：「我的了女如今可按照他們的人生取向而活，在大學，可選讀他們喜歡的科目，畢業後，可過他們喜歡過的生活。我當年沒法做得到的事，他們一一為我

實踐出來。你說多好呢。」

友人說要是當年到了法國，學的是藝術，卻做不成藝術家，連生活都有困難，怎樣追求理想呢。要是友人在法國有了孩子，他的子女還可以像現在那樣，過他們喜歡的生活麼？

友人接着說：「要是我可以回到過去，見到少年十五二十時，我一定會對那時的『我』說：為了子女，一定要賺大錢，讓他們將來不用為覓食而煩惱，可以為他們的理想而活。」

友人說：「看到自己的一生，我後悔當年的決定。看到子女的現況，我無悔了。」

同一天空

要書寫那些年的人和事，遂找來同一年代的同門師兄師弟，談談他們當年的校園趣事，說的不過是某老師的古怪脾氣，罵人不按常理，教人防不勝防。某同學在班上的奇異行徑，橙不是用來吃的，是當木球一樣，用來擲人的（說沒有甚麼殺傷力）。他們說得眉飛色舞，聽罷，卻沒法勾畫出一幅完整校園生活畫面來。

師兄說：「你以為那是《清明上河圖》麼。一幅畫，就把當時宋代開封汴河兩岸人民生活繪畫下來。校園生活，其實沒有你想像的豐富，多彩多姿的。我們不說老師，同學是非，就沒甚麼好說的了。而且，我們的所謂集體回憶，不無誇大成份。這連口述歷史都不是，不過是校園生活點滴，把它繪畫下來，是打球的在打球，作弄同學的在作弄同學，受老師處罰的在留堂，抄寫校規。管絃樂團成員在禮堂拉奏樂曲，同學是各有各忙，互不相干。五十年前的校園生活，與五十年後的，分別不大。不同的髮型有所不同，那時長髮的多，現在短髮是時尚。校服的剪裁式樣也

有分別，當年興闊腳、有褶褲，現在流行的是窄腳褲。

　　師兄師弟把他們讀中學的生活照 WhatsApp 過來，證明他們也曾年輕過，頑皮過。他們看來意氣風發，其中一位當年敢作敢為的師弟如是說：「校長不許我們在草地踢足球，我們偏要知法犯法，踢個不亦樂乎。不許賭博，偏要在班房玩十三張。」呈堂證物：那些發黃的黑白照，就是證據。

老師的畫

11月3日，星期天，到中環元創方看《藝潮薈萃》藝術作品展，細心欣賞酈耀鼎老師展出的幾幅畫作。

酈老師是我們中學時代的美術老師，我們一班不懂繪畫的學生，倒十分喜歡上他的課，他的教法，很有創意：記得有這樣的一堂美術課，老師着我們拿出畫筆畫紙來。老師說：「你們要在畫紙上填滿顏色。不管畫甚麼都好，用顏料，要大膽。要有想像力。」一個小時下來，每張畫紙都填得色彩繽紛，把畫作放到黑板前的空位上，大家走前，望着地上的畫，好看極了。

酈老師其後離開中學，到中大藝術系任教，直至退休，移居加拿大。每年聖誕，酈老師會寄來他自製的聖誕卡，那是他的近作，有着中國水墨畫的影子，畫中留白，讓我們多了想像空間。從中可見酈老師畫作風格、起了微妙變化。

2009年到加拿大，探望住在老人中心的酈老師，醫院

負責人對我説：「酈先生就是喜歡繪畫，他的房間，堆滿他的畫作，誰也不許動的。」

酈老師話不多説，靜坐一角。我趨前問老師：「可以看你的作品麼？」

酈老師聽了，笑着點頭。

滿室都是他的近作，畫布上呈現出來的作品，顏色鮮豔，抽象，卻不難理解。

想起多年前，上酈老師的美術課，他總是説：「記得在畫紙上塗滿顏色呀。」

當年人和事

喜歡看鄧小宇書寫當年（上世紀七、八、九十年代）風華正茂的人和事，原來那些年，竟有那麼多有趣的人和事，懂得生活藝術，活得有品味。早年愛看小宇的《吃羅宋餐的日子》，如今再看，一點都不覺過時。小宇今時今日寫人和事，既有談及他／她們的過去，亦有談到現在，仍然教人看得着迷。

讓我想起白先勇的短篇《永遠的尹雪艷》，最燦爛的日子，是過去了。但回憶從前，那感覺，想起來，仍是甜美的。

小宇寫過去種種，雖然「桃花依舊」，現今世代已不一樣了，活下來的人（儘管如今認識他／她的人已不多了，這又怎樣），找到人生目標，活得開心，也就可以了。

那些年，美麗一族喜歡到麗晶（現今的洲際）喝下午茶，而少去半島。現在增添不少六星級酒店，喝下午茶的好去處更多了。

　　這個下午，走進半島，喝下午茶的人不多，沒有人在大堂等位，氣氛更見和諧。看到角落坐着一位文化人，一位大明星，悠然自在，在聊天呢。遂想到要是小宇路過大堂，一定會上前打招呼。在他主編《號外》的日子，大明星曾是《號外》封面人物，見到小宇，説不定會與他來一個擁抱。

　　沒有上前與文化人，大明星打個招呼，是知道，讓她們靜靜的喝口茶，吃件餅，才是正道，不該去打擾她們的。

交響樂中的琴音

沈靖韜 Aristo 的鋼琴獨奏，與倫敦交響樂團（London Symphony Orchestra）一起演繹拉赫曼尼諾夫（Rachmaninov）的《D 小調第三鋼琴協奏曲，作品三十》，安排在中場休息前演出。那是聽過布列頓 Britten 的《青少年管弦樂隊指南，作品三十四》，可以靜心欣賞 Aristo 的造詣了。

說起來，有六至七年沒有與 Aristo 見面了。當年見面，他仍在英國讀中學，那時，他的彈奏鋼琴功力，已達演奏家水平。Aristo，人是那麼平和，不見半點自以為是，藝術家的性情，拒人於千里之外的脾氣（有等年少藝術家，少年得志，難免狂妄起來）。

那些年，Aristo 在國際賽已獲獎無數。卻不見有驕傲之情。

2019 年 9 月 24 日晚，在香港文化中心音樂廳亮相的 Aristo，在鋼琴前的椅子坐下來，顯得氣定神閒。Sir Simon Rattle 舞動指揮棒，樂團演奏出來的樂章，如萬馬奔騰，聲

勢浩大，經指揮梳理，卻又顯得徐疾有致，散發出和諧悅耳聲響來。好個 Aristo，在樂團樂手憑着手上樂器，吹、拉、碰撞出來的樂聲中，他仍能憑着彈奏出來的琴音，在樂聲找到他的位置，萬綠叢中一點紅，是可能的。說 Aristo 藝高人膽大，亦無不可。半小時的彈奏，Aristo 不用看樂譜（他自幼已有此本事，演奏古典樂章，從不看譜），不用多久，已與樂團的演出融成一體，卻仍有屬於自己的聲音，那是 Aristo 獨白（monologue）之聲，當晚音樂會的亮點。

詠唱

　　昔日站在星光下，草地上，詠唱名曲的幾位年輕人，咖啡時刻，細說從前，都說懷念昔日合唱團一起詠唱歌曲的日子：「與女同學圍成一圈，acappella：無樂器伴奏的清唱，最考功夫。我們一班男生，一起最愛清唱，而可以與女生一起唱，就更開心了。」

　　這個晚上，月亮高空懸，都秋天了，還是那麼悶熱，可不能說夜涼如水呢。公園傳來歌聲，像海浪捲將過來，一浪接一浪，連綿不絕。年輕人說：「這樣大陣仗的合唱團，仍能唱出韻味來，實在不簡單。詠唱者不一定受過聲樂訓練，但他們都是用心去唱，把那真摯感情，透過歌聲，自然流露出來，因而很能打動人心。」

　　說起來，男女同學一起詠唱古典歌曲，十多年前的事了。當日混聲合唱，唱出天籟之音來。曾稱讚他們的歌「又像激流，湧過崖岸，帶來迴響，牽動人心」，一位女同學把它譯成英文：「Or a waterfall gushing/Over the cliffs / Echoing along the canyon / Resounding in our hearts」。

牽動人心的歌，真的可以做到「resounding in our hearts」。

這樣大型的合唱團，可不是要創甚麼 Guinness World Records。

同學還有這一句：「Each voice at its pinnacle is / A gift to keep for life.」

該怎樣譯呢？

活得有尊嚴

人活到某一個年紀（年紀較大的居多），或會患上認知障礙症（dementia），即老人癡呆症（Alzheimer's disease）。怎麼是好？照顧病患者，該由誰來負責？

英國小説家 Iris Murdoch 患上此症，起居飲食，皆由她的丈夫負責打點一切。小説家的故事拍成電影，我們看到 Iris Murdoch 的最後日子，過得還可以。要不是有丈夫對她不離不棄，悉心照料，小説家哪可以仍有尊嚴的活下去。儘管 Iris Murdoch 對此視而不見，但她丈夫所作一切，仍是有意思（可能她會感受到至親對她的關愛）。

龍應台説她的決定來得遲了，但還是要做的。她與母親一起搬到鄉間居住，她決定要花多點時間與母親過餘下的日子。《給美君的信》一書，是龍應台寫給母親美君的信，美君有了認知障礙，自然沒法看信了，但是讀者會看呀。美君也有過年輕的日子，龍應台道出母親怎樣為了她，吃過不少苦頭，捱過來的。

　　羅懿舒在《夜幕燭光：照顧「三寶」的校長》，說到父母先後患上認知障礙症，需要人照顧。做兒女的辭去校長一職，專心致志照顧老人家。由護理人員來照顧病患者，不是不可以，但由親人來做，該更妥善。

　　為至愛所做的一切，心甘情願，與偉大無關。

文化與記憶

「按理，對於那些年，那些事，我們不可能忘記，亦不該遺忘的。至於現今的人間真象，我們更要記着才好。書寫下來的文字，出版成書，是要保存那份記憶。」

在今屆得獎書籍頒獎典禮上，聽到這一番話，特別有意思。

看似弦外之音，得獎嘉賓說的不光是文學問題，還有香港當前問題，我們都得記住了。

「有些人，對自己講過的心底話，沒多久，竟然會忘記得一乾二淨的。」說的是政客，他們一時一樣，而且很快就會忘記他所講過的話。

有心的文化人應該不會善忘的，他們有所執着，堅持要為香港做點甚麼。包括「把有關作家的評論選輯成書」，坐言起行，不用理會是否有足夠資金，是否有出版社肯出這類書籍。

他們對香港文學略盡綿力，這點堅持，要付出精神、

時間、金錢，而且，吃力不討好。他們沒有忘記：香港人有自己引以為傲的文化，那是屬於香港人的，值得保存下來的。

這個下午，看着得獎者先後上台，説出他們的感受來。書寫下來的記憶，是會保留下去的。

在港台頒獎典禮，認識的得獎者包括：寫《盧祺之死》的黃碧雲。策劃《西西研究》的何福仁，寫《從政十八年》的吳靄儀。

寫作的可能

何福仁寄來 2019 紐曼華語文學獎紀念冊（Newman Prize for Chinese Literature： Commemorative Book），裏面刊登了西西的得獎感言：《寫作，在香港這樣的地方》。何福仁的《從「童話寫實」說西西的「童心」》。

西西指出隨着九七的到來，不少年輕人有着身份認同的困擾。她年輕時，也曾遭遇到類似問題，從上海移居香港的西西，出外旅遊，只能用 CI（身份證明書），是個「有城籍，沒有國籍」之人。西西嘗試「用各種小說百分形式」去表達她的思考。是「以為小說也許更能表現當下複雜的處境」。

然後，西西發覺詩的可能性。她很久沒寫詩了，再寫詩，透過好的翻譯，詩有了「新的生命」。「好的翻譯就是非常好的創作」。其實，不光是詩，出色的外國小說（如托爾斯泰的作品），不也一樣有了「新的生命」，我們看好的翻譯作品，與看原文，可能分別不大。

　　西西的中文詩，翻譯成英文，並沒有失去詩的意境，內涵。我們不也是透過翻譯，認識另一位作家（像俄國托爾斯泰的小說，智利詩人聶魯達的詩）用文字營造出來的世界。

　　西西說「詩的旅程從沒有完成」，是說詩仍然可以寫下去，小說，何嘗不也一樣，有着無限可能性，讓作家去把它發掘出來。

童心

由對西西作品有深層次認識的何福仁來詮釋西西作品，合適不過。他的《從「童話寫實」說西西的「童心」》是來到俄克拉荷馬大學，在紐曼華語文學獎典禮的發言。看過何福仁的評介，再閱讀西西的作品，自會有新的體會，明白西西的「童心」，不是假裝出來的。

「童心」，當然不是等同幼稚，無知。何福仁引述畫家馬蒂斯的看法：人必須畢生像孩子那樣看世界，喪失這種能力，就喪失獨創性。

西西作品很具「獨創性」，皆因她的「童心」，沒有隨着年歲增長而消失。一直以來，在創作上，西西展現出她的真性情來，新作總能帶給喜愛她文章的讀者意外驚喜。

何福仁提到：童心，也是虛心。西西因為「虛心，所以好學，會通過閱讀，旅行，尋求知識，開拓視野」。

西西愛「遊戲」：出乎童心的寫作，會有一種遊戲的態度。西西曾說過「寫作」，是「很好玩」的。那不是輕

浮的態度。玩，也可以是玩得很認真的。何福仁說：西西
對生活的思考，既寫實，又虛擬。她總是能夠從遊戲裏玩
出新意來。

兒時玩意

與小朋友行書店，看見蘇美璐的《童心童戲》，翻看內頁，說的可都是上世紀六七十年代兒童愛玩的玩意。蘇美璐為蔡瀾文章畫彩色插圖看得多了，沒想到她為自己撰寫的文章，插圖倒是黑白的，蔡瀾為她寫序，說她的圖畫，「雖然以黑白繪出，可以彷彿看到繽紛的彩色」。

小朋友打開《童心童戲》，看看上兩代人的兒時玩意，不明所以（這本書不是放在兒童圖書角，有道理的）。

不同年代的小孩，自有不同的玩意。見有一把年紀長者，翻看幾頁《童心童戲》，就把書買下來。

書中提及的某些兒時玩意，以為它仍然受小孩歡迎，仍然可以在市面上購買得到，沒想到它早已消失了。像上兩代小朋友喜歡的「鐵皮玩具」、「搖搖」、「扭蛋機」、「煮飯仔」用的微型器皿，少見人玩了，甚至想買，也買不到了。但有些玩意，玩具，如「lego」、「大富翁」、「風箏」、「象棋」，仍有小朋友愛玩的。

　　上兩代人的兒時玩意，不用花多少錢，就可以擁有的了。玩具好玩不好玩，與它是否值錢，關係不大，小孩自能從活動中找到樂趣來。憑着無窮無盡的想像力，一件看來平平無奇的小玩意，已夠那年代的小朋友（現在他們已是人到中年，老年）玩個不亦樂乎了。

學者看五四

歷史學家余英時的《回憶錄》，值得一看再看，是看這位年近九十的學者，用平實態度，道出他幼年至青年時期的遭遇，從第一章「安徽潛山的鄉村生活」至第三章「中正大學和燕京大學」，寫出「鄉下仔」一步一步的走上追尋學問之路。余英時用白描手法，把他的成長過程，實話實說，歷史學家細說從前，所過日子，少見驚心動魄場面，一切都是如實道來，正是歷史學者對現實人生應有態度。

余英時生於 1930 年，童年鄉居生活，固然沒有聽過五四運動，從 1937 年至 1946 年，他的故鄉「完全沒有接觸到現代新文化」。余英時在十一二歲時知道有胡適，陳獨秀這兩個人，因為他們都是與余英時一樣，是安徽人。

但他是不知道有「五四」，直至 1946 年後，余英時讀高中，入大學，才知道五四運動的來龍去脈。

但余英時認為把 1919 年 5 月 4 日定為「愛國運動」「未免有故意挖空五四精神內容」，余英時說：「愛國是 19 世

紀下葉以來中國知識人的共同情懷，而不是『五四』所獨有的特色。」

　　余英時對五四的認識，自早年至今天，沒有重大改變。但「進一步分析，『五四』的性質卻包涵着十分複雜的問題」，他「前後的看法便不一致了」。

八千里路

　　《八千里路雲和月》說的是昔日風華正茂年代的人和事，雖然俱往矣，偶然流露出傷感之情，但語調仍是平和的。白先勇是駕馭語言能力高手，細說從前，不管說的是至親，好友，下筆見真情，寫父母的幾篇固然牽動人心，寫逝去的好友、文化人，更是患難見真情。

　　白先勇筆下的父親白崇禧當然是天下無敵。看他的描述：「父親在外統百萬大軍叱咤風雲」，但他娶到「一位嬌貴的富家小姐」，而白先勇母親，「性情果敢，氣度大方」，跟隨白崇禧「對外，患難與共，對內，養育十個兒女」，因此，回到家裏，話事人就是母親，白先勇說得好：家裏，「就是母親發號施令的領域了」。

　　然後白先勇道出多年來，亦師亦友的生活點滴，「談笑有鴻儒，往來無白丁」，白先勇是說出知識分子、文化人、學者、明星，能夠修成正果，是有其過人之處。像林青霞：「演過人生百相，享盡影壇榮華，也歷盡星海浮沉。有時不免令人興起鏡花水月，紅樓一夢之慨。」但林青霞「面

對大千世界，能以不變而應萬變」，殊不簡單，亦不容易，但林青霞做得到。

　　寫夏志清，說「有夏先生在，人生沒有冷場，不會寂寞」，是寫出這位學者的生命力來。

良師

談起何弢，曾在何弢建築師樓工作的 Thomas 説：「他是我的 mentor，跟他一起工作，讓我獲益良多。」

何弢的現代主義設計，簡約中見真章，設計既有 artistic touch，又有他的個人風格，早年設計 Hong Kong Arts Centre（香港藝術中心），在一塊小得不能再小的地皮上，竟然矗立出一幢麻雀雖小，五臟俱全的「裝置藝術品」來。中心經得起時間考驗，至今仍是一件藝術傑作。

Thomas 的建築美學觀，該有受到何弢影響，但又有自己的風格。何弢的設計，獲獎無數，Thomas 也一樣，名師出高徒，此之謂也。

與何弢惟一一次參加的活動，是在尖東扒龍舟。三十一年前的事了。是海外同學會組織而成的雜牌軍，在尖東海旁只練習過一次，就報名參加龍舟競賽了。成員中不少外籍人士，胖子來的。大家坐下來，鑼鼓未敲，龍舟已開始入水了。穿上救生衣的何弢說「冇有怕」，我們是

談笑用兵。

我們扒的龍舟，未到終點（是包尾而回），已翻了。
我們在海中浮沉，因為身穿救生衣，安全得很。

接棒

八年前的事了，一個早上，有年輕人到來，告訴我，他要到歐洲，當樂團指揮助理去。「我最愛的工作，就是指揮。」八年後，他可以獨當一面了麼？沒有他的消息，不知道他所追求的夢想：做全職指揮家，是否成真了？

看雜誌報道，近年香港也有年輕指揮家冒出頭來，他們拿起指揮棒，站在台上，指揮從外地到來演奏的管弦樂隊，也有到其他國家，當上樂團指揮的。

土生土長的年輕音樂演奏者，愈來愈多了，就是當指揮的，不多見。看到有關報道，還是讓人感到高興的，下一趟有機會碰見葉詠詩，可以對她說：「後繼有人了。」

香港職業樂團不多，年輕指揮家，留在這裏，偶然客串，做幾場指揮，不成問題。但想發展，還是到外國好。幾位新生代指揮，學得一身好本領，敢向外闖，真的是好。

談到走上指揮之路，年輕指揮家說當年年紀小，與家人去音樂會，聽演奏，最崇拜的人，是站在台中央的指揮家。

指揮的有此能耐，揮動指揮棒，帶動了整個樂團，詮釋樂章內容。

村上春樹寫指揮家小澤征爾，他每天清晨都在做功課：閱讀樂章。年輕指揮家，讀樂譜時，會不會像小澤征爾，看出新意來呢？

獨來獨往

一眾畫家的集體創作，畫出動畫《Loving Vincent》，是向他們所敬重的梵高致意。用的都是梵高在 Arles 畫下來的人物，風景。畫面是梵高作品的變奏。

電影《梵高‧永恆之門》，梵高暫居 Arles，他的作品（當然是複製品，都放在他的住所）掛在牆上，安全得很，不會有人來偷的。梵高生前畫作，一幅也賣不出去。梵高出外寫生，不用鎖門的。

梵高一生愛獨來獨往，他對同時期的藝術工作者，那些愛埋堆，互相吹捧之輩，他可不要與他們來往。梵高的作品，走在時代尖端。他的作品，同期畫家、畫評人都看不懂，一般人更不明白了。梵高用筆如用刀雕刻出來的樹林、田野、星宿，太前衛了。

孤獨的梵高，在 Arles 沒有朋友，當地居民視他為瘋子，小孩用石塊擲他，少年用槍把他打傷，讓他流血不止，最後死在床上。這位心地善良的畫家，並沒有指出誰是兇

手，梵高不想求救。畫了那麼多年畫，該好好休息了。梵高獨自來到 Arles，要留在那裏繪畫人生百態，卻不受歡迎，那不打緊的，至少在他最後歲月，可畫出那麼多打動人心作品來，他該心滿意足了。

在荷蘭阿姆斯特丹梵高藝術館，欣賞到不少梵高住在 Arles 時所繪畫的作品（那時，他的畫沒有人買），這回應了梵高所講：現在（他們那一代）的人不明白我的作品，將來自會有人懂得欣賞的。

看見光芒

梵高說畫一幅畫，一拿起筆，就是停不下來。高更對他說：「你不可以慢一點，構想一下，才下筆的麼？」

在電影《梵高‧永恆之門》中有一幕，高更與梵高，用畫來比試高低。他們面對的模特兒：一名在客棧工作的女子，高更用鉛筆來個人像素描，而梵高呢，站在一旁，用刀刻筆法，用畫筆，把顏料塗到畫布上。

高更的素描很見層次，筆觸細膩。梵高的油畫，大刀闊斧，顏料像潑墨，散放到畫布上，起初看起來像塗鴉，幾筆下來，女子樣貌呈現出來了。

兩位畫家都把女子的精神面貌捕捉了。但高更畫的是sketch，像幅草圖，梵高的已是完整作品來的了，高下立見。

這時期的梵高精神狀態有異常人，他不管看甚麼，總會看到光芒包着他要畫的樹木、花草、人。每次畫，他都把自燃燒的生命放進去，完成一幅作品，他會疲累不堪。

梵高要不是受到槍擊，傷重身亡，他還是會命不久矣。

他看到的光芒，會不會愈來愈弱，我們無法得知。他最後一次說看見光，是對醫生說，還是對牧師說，看電影的時候，我們沒有想過。

梵高受槍傷，躺在床上，最後閉上眼睛，辭世而去。那一刻，他一直所見到的光芒該消失了，那光，卻永遠留在他的畫作上。

好日子

茶道，學而時習之，成為個人對泡一壺好茶的一種堅持。電影《日日是好日》，帶出一種人生取向，接近禪宗境界了。

女主角唸大學時，就開始學茶道，一學就學了二十年。到老師那裏上課，坐下來，已不用想怎樣怎樣去泡茶了。那不是熟能生巧，而是對泡茶的每一步，都瞭如指掌，可隨心所欲了。懂泡茶技巧，是最基本要求，能夠靜下來，用心去做好每一步，泡出來的茶，才能到達較高境界。用二十年去學茶道，仍不能說已全懂其中道理。

年前，在京都某一茶室，我們嚐到由師傅精心泡出來的一壺綠茶。師傅很享受整個泡茶過程，我們圍着坐，看得出茶道大師處理一壺茶，沒有錯過任何細節，而且很能樂在其中。

茶準備好了，我們嚐了一口，苦澀的綠茶，苦中帶甘，不能說不好喝，但要說出有甚麼特別，卻又說不出來。

師傅問：「茶好麼？」

我們都點頭稱善，不敢說不好，是不好意思吧。

電影《日日是好日》講的已不再是怎樣去泡一壺茶了，而是道出日常生活，我們得給自己留一點空間，專注做好一件事。茶道，就是生活之道。過日子，要精神狀態好，心境好。每一天，都會是好日子，都會過得開心。

子彈雞

在法國餐廳點「燴野山雞」，侍應提醒我們：「雞肉裏可能有子彈碎片的。」這可不是養出來的山雞，而是狩獵得來的，獵人用鉛彈把山雞射殺，經急凍處理，再空運到港，賣完即止。

記得在巴黎街市看過標榜獵取回來出售的野山雞，價錢較為昂貴，山雞擺在雪架上，仍有羽毛，以示牠與飼養的雞隻不同一類。

出於好奇，我們遂點了一份「烤山雞」（我們認定燴的不好吃，還是烤的比較有保證）。其實烤雞也不會好吃，在法國餐廳點烤雞，就像在美國餐廳吃牛肉漢堡，難有驚喜。

烤出來的野山雞竟有雞肉味，比烤牛肉更勝一籌。我們起初以為會在雞肉中找到子彈，吃得很小心，卻甚麼都沒發現，沒想到在配菜（是碎雞肝混合雜菜）找到一小塊像粗沙粒的鉛頭，大家興致高漲，找來法國主廚，問個究竟。

　　法籍廚師走過來，連聲說「你們好，你們好」。他笑容滿面，出示一張獵野山雞的照片，又讓我們看用來打山雞的獵槍、子彈。他的解釋：鐵沙子彈在雞內臟，一點不出奇。留在肉內，反而不多見，你們中國人不是愛吃走地雞麼？有經常運動，隨處走動的雞好吃，漫山遍野飛馳的山雞更見滋味了。你們是不是吃得很滿意呢？那彈碎粒可留作紀念的。

　　忍不住問廚師：「要是我們吃得不小心，吃雞肉，咬着彈粒，咬崩牙，怎麼是好？可以告你們麼？」

　　廚師笑着回應：「你們中國人吃雞，有雞骨，吃蒸魚，有魚骨，一個不小心，也會噎着。何況在你們進食前，侍應不是已提點了你們麼？」

際遇

林海峰與圍棋大國手吳清源對弈的那一年，他才 11 歲。那是 1952 年台北中山堂的一場棋賽。

波比‧費沙（Bobby Fischer）1956 年在美國贏取的一場棋賽，稱之為「世紀之戰」，那一年，波比 13 歲。

林海峰下的是圍棋。波比‧費沙下的是國際象棋。兩人都是棋壇神童，棋藝高超。他們日後際遇卻很不一樣。

白先勇的《父親與民國》，其中一章〈圍棋〉，談及林海峰：「九歲參加全國棋賽，大出風頭，擊敗許多圍棋名流」，連白先勇的父親白崇禧「也敗在小小林海峰手下」。

林海峰得到白崇禧資助，到日本學藝，拜吳清源為師。十年後，成為一代圍棋棋王。波比‧費沙於 1972 年在冰島挑戰世界國際象棋冠軍蘇聯棋手波力斯‧史巴司基（Boris Spassky），在冷戰年代，這是另一場「戰爭」，美國戰勝蘇聯，意義重大。

六十年代，《明報月刊》對林海峰作出廣泛而又正面

報道，金庸是圍棋迷（大概也有與林海峰對弈），報章雜誌用了不少篇幅推介圍棋，該是林海峰效應，一時間，學圍棋的人多了起來。

林海峰今年 71 歲。他已是「棋聖」來的了。不再是新聞人物的他，該很明白淡泊的好處。

六年前在三藩市購買了一本有關波比‧費沙的書。副題是《波比在打仗》。觀其一生，都在「打仗」，與美國政府搞對抗，在被拘留的日子，與日本政府「打仗」爭取個人權益。晚年波比陷入精神分裂邊緣，最後在他當年戰勝蘇聯棋手的冰島（當地政府基於人道理由，收留了他）孤寂無助，度過餘生。

繪畫人生

多年不見，綠騎士仍愛説喜歡「活在自己夢想的世界」，不肯走出來。

這個早上，我們在臨海餐室吃早餐。她的先生 Jacques 把鬍子剃掉，人顯得比以前年輕。胖了一點點的綠騎士不覺有甚麼改變，仍是笑容滿臉（我們當然不用説甚麼歲月催人，亦不必説只要心境年輕便好）。

他們從法國回來探親，到澳洲悉尼度假，行程緊湊，離港前，只得一個早上，可以一起吃早餐。

綠騎士説仍活在他的夢裏。她當年旅居法國，愛上繪畫，一畫就三十多年，當年生活不易，沒有放棄，如今生活無憂，更不會不繼續畫下去了。她把近作拿出來，風格是她十年前在香港舉辦的畫展作品的延續，仍是色彩繽紛，筆觸卻是細緻的，她仍愛描繪一片又一片的山林、湖光、花草，碎碎的一片，拼出來成了多姿彩的人間美景。

綠騎士又讓我看了她的詩與畫，她為自己的詩作（法

文寫成的）配上插圖，很是協調。説想把它譯成中文：「只是找出版社出版詩與畫，並不容易。」我把實情告之：「印刷費不貴，找發行則有難度。」

既然那麼喜歡繪畫，又不在意所畫的是否有市場，那就不用顧慮甚麼，繼續過畫家的生活好了。

多年前到法國，Jacques 帶我們到 Arles 看梵高的墓碑，梵高筆下 Arles 的建築，經過歲月洗禮，色調仍是梵高愛用的憂鬱顏色，就是天空燃燒的星宿，看起來是點點火光。

巴黎已有畫廊展出綠騎士的畫作，有收藏家收藏她的作品，或許她仍未能如中國近年冒起的畫家，平地一聲雷，成了收藏家寵兒，亦不會像趙無極作品熱賣，但綠騎士並不介意。她說的：「可以一直畫下去就好了。」

2012 年 11 月 11 日下午，綠騎士會到西貢參觀她昔日好友黃奇智故居，范玲帶來當年奇智送她的畫作，轉送給綠騎士，那該是很恰當的一份禮物。我與黃奇智只有一面之緣，不算認識，但對他堅持要過自己喜歡的生活，則十分欣賞。

（蒙讀者 Nonsi Chong 指正。梵高墓地該不在 Arles，求證於綠騎士，她說當年我們路過 Arles，觀看梵高繪畫的實景，再驅車前往 Auvers sur lise 看梵高墓碑。）

從阿城說起

「要是阿城肯寫長篇小說，要是阿城肯繼續堅持寫下去，說不定他有機會得到諾貝爾文學獎。」文友如是說。

假設是沒意思的，阿城寫過幾個出色的短篇：《三王》、《孩子王》、《樹王》、《棋王》。棋王寫文革的飢餓，一粒飯掉在地上也要撿起來放到嘴裏，吃不飽的感覺是那麼強烈，窮困是那麼普通，一如《孩子王》中的老師，都是窮得要命。阿城掌握語文的功力，在那時期的作家中，算是高手，一如棋王，出招凌厲，佈局奇異，教人眼前一亮。

阿城卻志不在此。他拿着資助，在威尼斯的幾個月，走走看看，寫出幽默機智的小品來，拿了意大利政府的錢，閒閒幾筆寫出威尼斯的面貌，一個外訪作家把體驗化成文字，很有趣味。在那裏吃得好，文字再沒有飢餓感覺了。

第一趟見阿城，是八十年代中期，那時他喝伏特加如喝白開水。人較為瘦削，很見神采。話是不多說，在港台與他做的訪問，他不像一個在文革中吃過苦的知青，他筆下要諷刺的不是黨，是扭曲了的人性。他筆下，只見人生

荒謬,看似不真實,但那正正是人生實況。

十年後再見,阿城到科大當駐校作家,人柔順了,不再喝伏特加,改喝白開水了。阿城說話仍是機智的,但他最好的十年過去了。

莫言出道較阿城遲一些,起步慢一些。他的小說說是寫實,寫的卻不是真正的現實。在那既虛幻又荒謬的世界裏,莫言才可以自由創作,他的作品都被翻譯成外文,只有這樣,他才有機會問鼎諾貝爾文學獎。

《棋王》《樹王》《孩子王》作者阿城分享寫作心得。
那一年,阿城到香港科技大學當駐校作家。

年度作家

也斯獲選為 2012 書展的「年度作家」，同輩中得此殊榮，心實喜之，與他通了一個電話。那是 2009 年自北京見面後，第二次通話吧。

細說從前，其實都是那些年的故事了，竟像是昨天才發生的。那時還會為一些小事而爭吵一番（盡都是對辦雜誌、報刊的不同看法而已），也會為某些想法而出來見個面。那時得為生計而忙碌，卻又像隨時都可抽出空暇來，喝杯茶或咖啡。辦第一份學生報《大拇指》，與一眾文友夜間到街頭貼海報，記憶猶新。

透過也斯，第一次與畫家合作，我們（當然還有很多寫詩的朋友）寫詩。畫家配上插圖，舉辦了一次詩畫展，中文詩翻譯成英文，加上插圖，印出來的小冊子，很是好看。詩畫在美國銀行展出，那天興致好，在會場多喝了幾杯雞尾酒，結果是從午後開始一直醉至夜深，卻又竟可以一直在醉，仍可從中環坐電車到跑馬地，在松竹樓吃餃子和拉麵。

　　不知甚麼時候開始，我們面見得愈來愈少了，不光是各有各忙，是大家走的方向不再一樣，難有共同話題了。即使如此，也斯的作品我還是會拿來看的，一如第一屆年度作家劉以鬯的小說，第二屆年度作家西西的詩、散文和小說，我仍是喜歡看的。從寫實現代主義到後現代主義的作品各有特色，俱都好看。

　　前輩作家到同輩作家的作品得到肯定，是值得高興的。儘管幾年來在文藝廊擺放作家作品區域不見人頭湧湧。人流多，人流少，看的人多與少，不成問題。當年我們的詩畫展，看的人該更少，但回想起來，當天還是挺開心的。

彭美拉

在書堆中找到一部簽名本。是前港督尤德夫人彭美拉（Pamela Youde）撰寫的《我喜歡的中國故事》（My Favourite Chinese Stories），插圖是盧景文（Kingman），中大出版社 1995 年出版。

彭美拉為年輕讀者講了三個故事：〈The Great Archer and the Moon Goddess〉、〈The Dragon King It Was That Died〉、〈Monkey Borrows the Palmleaf Fan〉。第一篇譯自袁珂的《古神話選釋》，第二、三篇選自吳承恩的《西遊記》，都是值得一看再看的中國神話，可惜在圖書館不易看到這部選輯而成的翻譯神話。

第一次見尤德夫人彭美拉，是與開辦新校有關的，那是第一次見彭美拉。尤德已辭世多年，每一年彭美拉都返回香港出席尤德爵士獎學金頒獎典禮。在馬會中餐廳午膳，彭美拉沒有要求在獨立房間用餐，而是與我們幾個人坐在中餐廳大堂吃簡單的午餐，她沒半點架子，人挺隨和的。那是與名人吃飯吃得最開心的一趟。

　　彭美拉沒有提及她喜愛閱讀中國古典文學，雖然我們都知道她與尤德都是中國通，對中國文化有深厚認識，就是沒想到她會把古典文學翻譯成英文。

　　再見彭美拉，幾年之後的事了。那時新校剛建成，她是應邀到來參觀。彭美拉帶來她的作品，她用英文翻譯了三個故事，讓不懂中文的年輕人，也可領略中國古典文學的好處。

　　已有十年沒見彭美拉，要是見了，很想問她：「還有翻譯中國小說麼？」

維多利亞的見

二十年前在溫哥華島維多利亞與標、哥莉亞見面的情景，歷歷在目，好像還是昨天的事。此刻在王后酒店大堂坐着，等我到來的，只有哥莉亞了。哥莉亞看見我出現，站起來，迎着我走過來，我們擁抱，沒說甚麼，是不用說客套的「你好嗎」了。

這一個月來哥莉亞的日子肯定不好過，她說一個月下來，瘦了一個圈，輕了十多磅。雖然她是堅強、經得起考驗的女子，面對標的突然辭世而去，她告訴我至今仍然沒法接受這事實。

「標有骨灰撒在他最喜愛的高球場的樹叢長草中（當然不是在球道上），出席紀念儀式的超過四百人，都是他的生前好友，他們都說會懷念這一位愛講笑、愛喝酒、愛打球，更樂意助人的性情中人。他突然走了，把陽光也帶走了。這一個月的日子真不好過，我們還計劃好你到來時，給你一個意外驚喜。」

「我們亦打算今年 12 月，一如往年，會到墨西哥享受陽光與海灘，當然，還會喝墨西哥紅酒和有特色的墨西哥菜。」哥莉亞如是說。

我沒有問他們為我預備的「驚喜」是甚麼，不用問了，沒此必要了。就是差那一個月，我與標見不着了。二十年來，我們見過六至七趟，每次見面，飲很一般的加拿大白酒，吃很一般的海鮮，說很不一般的笑話。不見的時候很少發電郵，知道見面時開心地吃喝，談笑風生就好了。

與哥莉亞在附近的餐室吃海鮮晚餐，窗外風景如斯的美，海鮮卻乏善可陳。看來哥莉亞是食而不知其味。

是時候說再見，我們再次擁抱，想起詩人辛笛的一句詩：再見，就是祝福的意思。

我們與哥莉亞，還會再見麼？

時間

　　都説時間是女人的最大敵人，這個晚上，在晚會中遇見多年不見的美人，看上去，是否一個人來的。美人笑容燦爛，態度隨和，多年前的那一點點傲氣不見了，人卻顯得從容。那真不容易，至少她肯亮相見人，不見報，不上娛樂版，有甚麼關係呢。

　　年輕時在太子道「咖啡屋」見過李麗華好幾趟，朋友上前叫李麗華阿姨阿姨的（他是認識李的）。在閒着，在喝咖啡的李麗華沒半點大明星架子，笑着回應：「你們要吃西餅麼？我請客。」

　　那是最後一趟見到大明星。往後的日子，明星要喝下午茶，會到半島。而咖啡屋則在不知不覺中消失了。

　　已不在意在哪裏碰見曾遙不可及的明星，知道她們是跌落凡間的女子，比身邊的人漂亮，經常見報，新聞多多，只是有這麼一天，沒有人再提起她，説是淡出，其實是再沒有新聞價值。

這個晚上遇見的美人，竟與我親切地打了個招呼，我們其實是不認識的，但一同擠在電梯內，打個招呼，是恰當的做法吧。

高德納（Howard Gardner）曾說：「在電梯內，你要是遇見要人，你要問他一個問題，又要他在那短短十秒回應的，你會問甚麼呢？」

在那麼短暫的時間，在那獨特的空間，美人的一個招呼，最是得體的了。你好。再見。她微笑，你微笑。不用說其他的話了。

編號 103

中文大學圖書館寄來送書清單,有作家簽名的一共 235 種。編號 103 的是北京解放軍文藝出版社 1987 年出版的《紅高粱家族》,作者:莫言。

朋友笑着對我說:「要是知道莫言得到諾貝爾文學獎,這部他的簽名本,如今很有收藏價值了。」

看過清單,就是沒見沈從文的《邊城》簽名本,尋找了好些年,最想找到的就是沈老的簽名本(不過,要是找到,仍會送給中大的)。

莫言的簽名本是他在 1989 年訪港時送給我們的。那天晚上。在沙田大會堂酒樓晚飯,與他同來的文友都說莫言很像台灣的瘂弦。我們跟他說了,他說瘂弦是著名詩人,他不過是初出道的寫作人。我們就說你是瘂弦年輕版吧。是鬧着玩的。其後又見了瘂弦,都說要是把他們都請來一個談詩,一個談小說,那可好呢(現在邀請莫言到香港訪問、演講的文化機構、大學或文學院,該多不勝數吧)。

　　看過《紅高粱家族》，再看電影《紅高粱》，小說豐富的內容與電影的語言互動，那是當年既看小說又看電影，最感滿意的一趟。其後看《豐乳肥臀》、《生死疲勞》已沒有初看《紅高粱家族》時，眼前為之一亮的感覺了。

　　那一年莫言說回去要好好地繼續創作。中國作家不用主題先行，不用在既定框框內寫。真的不易，比起五十年代百花齊放時期，七十年代，寫傷痕文學的作家，莫言他們一輩的「新時期作家」，可幸運多了。

母親寫女兒

第一次看張純如《被遺忘的大屠殺——1937南京浩劫》（The Rape of Nanking，by Iris Chang）是 1998 年。那一年，這部用英文寫成的研究已上了《紐約時報》暢銷書排行榜好幾個星期了。

有關南京大屠殺，過往只能透過有限歷史資料得知一二。到南京紀念館看看，對日軍當年在南京的暴行，知得更多了。看張純如寫南京大屠殺，則看得心驚膽戰。她以冷靜而又客觀的筆觸，描繪出當年日軍入南京城所作所為，連納粹德軍也自嘆不如。

2012 年再次看到與張純如有關的文章，她早已辭世而去，寫《張純如：無法遺忘歷史的女子》是張盈盈，純如的母親。由子女執筆，寫父親母親故事的著作看過不少，母親寫兒女的則不多見。由母親來說自己女兒平生種種，三十六年的喜與悲，成長期間的得與失，教人看得心痛，這樣一位出色的作家，竟因患上抑鬱症，沒法可想，只能選擇走上自殺絕路。2004 年 11 月 9 日純如寫給母親的絕筆

信，寫出她陷入抑鬱深淵的痛苦，不能自拔，是生不如死。

六年過去，張盈盈把女兒短暫但活得精彩的一生捕捉下來，對她來說，這該是最好的治療傷口方法。六年過去，張盈盈的傷痛仍在，那是母親懷念自己孩子的哀傷。張純如曾經對母親表示，戰勝逆境獲得成功，是文學最恆久的主題之一。「她想在短短的時間裏完成許多事。」「她說要抓住此時此刻，生命總有一天會消失。」

純如說：「文字是永恆的。」

張盈盈寫女兒，是希望我們知道：曾經有這樣一位勇敢女子，敢去寫南京大屠殺，敢去寫出歷史真相。

女兒寫給母親

　　張盈盈的《張純如：無法遺忘歷史的女子》，母親寫女兒。下筆很有節制，讓讀者看得舒服，很感人。母親回憶女兒的片斷，打動人的是女兒純如寫給母親的信。當《被遺忘的大屠殺》成為暢銷書，好評如潮（亦有不客氣的惡意批評，盡都是來自日本的學者。）純如並沒有感到飄飄然，她要動手寫《在美華人》一書，開始搜集資料，時為1999 年，離她辭世而去的 2004 年，還有五年。

　　純如相信繼續寫作就是保存歷史：「人其實是死兩次，一次是肉體的死亡，一次是從他人記憶中消失，那才是真正的死亡。」按照她的講法，純如至今仍是活着的，對她的親人來說，她活在他們的記憶裏。她的讀者則仍可看她的著作，包括《被遺忘的大屠殺》。1937 年日軍在南京的殘暴，經張純如有秩序地整理成書，作品得到肯定，收錄在古爾伯特（Martin Gilbert）的《二十世紀史，卷二：1933 至 1951》。在此之前，西方歷史書很少談及南京大屠殺。

　　做母親的，對 1999 年女兒與日本大使的電視辯論，擔心不已。因而「在電話中囑咐她小心一點，不要孤身旅行，但這些話讓她非常不開心」。在電話中純如對母親發脾氣。張盈盈的解釋：「只要是母親，一定會這樣叮囑女兒。」她後來致電純如，向她道歉。純如其後給母親發電郵，說還記得母親從小給她的鼓勵：「你有你的獨特之處，讓你從小到大就是和其他孩子不一樣。」

　　純如說：「這些話支持我許多年，伴我度過一切不確定、失敗、沮喪的時刻。」

　　女兒對母親說：「那些話有神奇的力量，它改變了我的一生。」

　　張盈盈說看到這一句，哭了。

銀粉賀卡

聖誕節期間，收到一張寄自英國的聖誕卡。傳統英式聖誕賀卡，油彩描繪出來的農村小鎮，遠方可見教堂，近景有少年在堆雪人，婦人在紅色郵筒投信件，有少男少女穿上冰鞋在結冰湖上飛馳，姿勢美妙，歡樂氣氛在畫中自然流露出來。而在這聖誕卡上滿是銀粉，把聖誕卡拿起來看，已見銀粉粒沾滿信封，也有灑落到書桌上了。

早已不流行的灑金灑銀聖誕卡，在英國小鎮居住的威廉，那仍是他的一番心意。過去幾年，威廉‧麥哥利（W. Macauley）仍是每年寄來一卡，送上他的祝福。

幾年前，威廉回港一行，說要返回離開已有六十多年的母校一看。我與他到校園懷舊，他指着禮堂前刻有一大串名字的石碑說，二次世界大戰為港作防衛戰而身亡的其中一人是他的哥哥來的，他名叫占士‧麥哥利。

威廉說那時他年紀輕，初中生不能參軍。而當過領袖生的哥哥，則去了當防衛軍，後來還當上空軍，二次大戰

來自英國的聖誕卡

時在歐洲空戰陣亡。

　　那真是又遙又遠的事了。威廉在我眼前出現的那一年，已是名白髮蒼蒼的英國紳士，他的談話方式，活像我唸中學時來自英國的老師，談吐得體，很懂與人相處之道。

　　威廉追憶從前，從宿舍生活説起，以至日常校園點滴。口述歷史，難辨真假，動聽就好了。

　　往後幾年，威廉都不會忘記每年寄來一卡，寫上問候話語。而我，只能在收到他的賀卡後回信。記得他説過的一句話：那時年紀輕，覺得香港一切都好。

好好活下去

「中國人從來就是一個諱疾忌醫的民族，總把疾病，尤其是這種病，當成一種禁忌，到頭來，有病的不單是肉體，還是靈魂。」

西西寫的《哀悼乳房》序言提及她如何面對癌疾，是勇敢的去面對，更把治療過程，用清楚好懂的文字表達出來。《哀悼乳房》1992 年由台灣洪範書店出版，八年後，廣西師範大學出版西西這部作品。

「把疾病揭露，也是病人自我治療的一種方法。」西西在序言如是說。近日安祖蓮娜祖莉向外公開她的秘密；為免患上乳癌，預防勝於治療，安祖蓮娜有此勇氣，及早做了手術，免除後患。她把切割手術一事披露，希望更多人知道這疾病，會在婦女年近四十時出現。

「乳癌仍是癌症裏不幸中之大幸，因為它有明顯的徵象，可以割治，也可以預防。」「《哀悼乳房》為幫助有需要的人而寫，不是從一個專家的角度，而是以病人的身份，寫她的治療過程，病後的種種反省。」

西西還作出導讀指引，想知道癌病情況，可以看〈醫生說話〉、〈血滴子〉，男子漢，「翻看〈鬚眉〉一段已足」，「長期伏案工作」看〈皮囊語言〉。「我們太重智慧，總把軀體忽略了。皮囊不存，靈魂如何安頓呢？」

《哀悼乳房》出版至今二十年了。西西的病好了，創作更勝從前，這些年來，先後看過她的《畫／話本》、《時間的話題》、《飛氈》、《旋轉木馬》、《拼圖遊戲》、《我的喬治亞》。說她是香港最重要的作家之一，該沒有異議。

前幾年她患上手疾，用手寫作有困難，她改行用手縫熊，在她《縫熊志》一書 2009 年出版，我有幸出席她的新書發佈會，講了幾句我的感想。

2011 年西西當選為書展年度作家，在書展酒會上西西說她愛後現代主義寫法，「寫作可以是很好玩，很開心的。」

二十年來，西西寫出更多讓我們看得開心的作品。而她，「仍能散步，到大街上去看風景，看點兒書，寫些字」，多好呢。

淺與深

這年代電影愛情故事，多是點到即止。男女談戀愛，最好不要給對方造成任何傷害，不要愛那麼深，不要那麼投入。可以一起便一起，不然的話灑脫分開，各不相干。場面可以有一點點傷感，就是不要傷感氾濫。要是對方接受不了，觀眾接受不了，那就不好了。

昆德拉在《生命中不能承受的輕》說明這道理，太沉重的愛，太認真的關係，會教人吃不消的。輕一點吧，那哀傷，那痛楚，便不會承受不了。看《愛》一片，尚路易與艾曼紐的愛，已到了雖然不是同年同月同日生，到生命最後一刻，還是一起去才好，女兒對年紀老邁的父親說：「把母親送到安老院吧。」要是父親聽女兒的話，一如大多數老人的最後歸宿，神志不清的母親在安老院去世，父親留守家中，過最後的日子。只是這樣的愛，未免太淺了，一如現代的愛情故事（老人家可以相愛，只是到最後關頭得放手。在最後歲月，一個在安老院，一個在老家，各在天一涯，即使見了，因一方已神志不清，見亦無用），只

有淡淡哀愁，就此而已。

看《愛》，難免想起半個世紀前艾曼紐主演《廣島之戀》的一幕，艾曼紐對着鏡頭説：「看啊，看我是怎樣把你忘記。」至於情深的一幕，也有近半個世紀的另一套電影，尚路易在《男歡女愛》去找女主角，背景音樂是輕快而動聽，畫面是美麗迷人。看起來一切都是輕的，如近年的愛情片，不見沉重的。

要留待尚路易82歲，艾曼紐也80了，在《愛》一片，他們的對手戲，擦出來火花，那才出現了。看起來，卻是理所當然。那重，是沒法的，尚路易就是要執子之手，與子偕老。較為合理的處理病人的方法，他都不用。自己雖然老了，仍有一口氣，仍有一點氣力，那就繼續照顧神志早已不清醒的妻子，只有這樣，那愛才是完整無缺的。尚路易不是「攞苦來辛」，他是做得心甘情願的。

到最後一幕，尚路易親手為妻子執行「安樂死」，那可是真的解脱，把生命重擔放下了。

獨特的

《浪蕩青春》（On the Road）鏡頭下出現最多的書是《Swann's Way》，1913年普魯斯特（Marcel Proust）寫《追憶似水年華》的第一卷作品。1947至1951年，積‧加路（Jack Karouac）一眾死黨橫跨美國各大州，體驗生活。窮困對年輕一代，不是問題，有酒可喝，有女伴同行，生活便是豐足，一無所缺了。

年輕一代，放蕩是一回事，醉酒是一回事，卻仍是愛閱讀的。在路上的日子，積‧加路隨身攜帶普魯斯特的《Swann's Way》：半自傳式的意識流小說。對積‧加路影響深遠，他把所見所聞，親身經歷書寫下來，返回紐約，有了足夠資料，寫出《在路上》。

《追憶似水年華》書成，沒有出版商願意出版這部巨著。《在路上》寫好了，起初也找不到出版社。普魯斯特晚年寫自傳式小說，身體已不好，不能周遊列國了。愛飲酒的積‧加路在路上的日子，正當盛年，放浪不成問題，喝酒也不成問題（十多年後，47歲的積‧加路吐血而去。

比患氣喘病，多年在床上寫追憶錄的普魯斯特少活五年）。

《Swann's Way》的第一句：For a long time I would go to bed early；《On the Road》的第一句：I first met Dean not long after my wife and I split up。

普魯斯特的故事從臥病床上開始。積‧加路的故事從他與太太分手，與甸在路上體驗人生。旅程中，他看普魯斯特的作品，回應普魯斯特所說「透過別人作品，我們知道他人的世界，他人的想法」。

波蘭式婚禮

我們坐下來，拿起擺放在圓桌上的餐單：七時四十五分上第一道菜，十時半上第二道菜，清晨三時上最後一道菜。這可算馬拉松婚宴了，可吃足七個小時。

從華沙到奇斯（Kielce），早上十一時開車，花了兩個小時，抵達 Odyssey 酒店，已是下午一時，在這間以 Spa 作為賣點的餐室用膳，領略到如小說家昆德拉所言的「緩慢」，不光是生活節奏，是做人的態度，見微知著。午餐要慢慢的吃，才可領略食物的滋味，上菜說有多慢就有多慢，已與生活情趣無關，吃出一肚子火來了。

趕至位於 Kielce 的教堂，下午四時剛過了五分鐘，婚禮已開始，一對新人站在壇前，神父作訓示，詩歌班詠唱，唱的是波蘭語，悅耳動聽，很有催眠功效。

醒來，已是五時，婚禮剛結束。一對新人步出教堂，在廣場與來賓擁抱、親頰、談幾句、收禮物。在他們旁邊有一輛汽車，用來放置賀禮，看來一輛車不夠用了。我們

排在隊尾，到我們可以與新郎新娘擁抱，已是黃昏時分，六時多了。

盛載禮物的汽車開走了。新娘新郎帶頭向前方走，我們一眾跟在後面。從教堂至文化中心，一里之遙，我們走了近二十多分鐘。近晚上七時了，一對新人在中心大門喝過一口伏特加，把小酒杯往後拋，玻璃杯碎片散發開來，眾多嘉賓拍掌歡呼。

七時四十五分上的第一道菜是釀豬肉腸，容易入口。不喝伏特加，可喝紅酒白酒。長夜漫漫，每桌只有幾瓶伏特加，恐怕不夠呢。

八時半大家走到大堂，一起跳舞。起初是一個人拖另一個，然後是兩個拖兩個，四個拖四個。美麗圖案形成了，隨着民族樂曲的節奏，跳動起來，新娘子笑得燦爛，那麼多人陪玩，怎會不高興呢。

到了十時許，捱不下去，要告辭了，沒法吃第二道菜，亦喝不下第三杯伏特加。同去的波蘭同事說你們先走吧，我們才剛開始呢。

　　第二天早上七時，到餐廳吃早餐，同事已在「一夜不眠，感覺真好」，他們笑着說，而一對新人也在吃早餐，不見疲態。

一本又一本的簽名

香港中文大學圖書館寄來一份清單，列出送出作家簽名本 235 種 244 冊。館長施達理來函有這幾句：「所贈圖書為國內、台灣及香港作家之簽名本，彌足珍貴，增益館藏，嘉惠藝林，本館當永久妥善保存。」

那就好了，搬離居所前，把藏書都送了給城大，當時說好作家簽名本可轉送中大，他們都做到了，教人感到高興，放心了。還是圖書館負責人有此能耐，逐本書打開來看，有簽名本的便送往中大圖書館。

翻看那份清單，每個作家的簽名本顯示某年某月某日與他們見過面，把他們的作品拿出來請作家簽名。像蕭乾的《一本褪色的相冊》，該是上世紀八十年代的著作，見蕭乾那天，只記得他的笑容，像個小孩子的笑意，不怎麼說話，笑得有點天真，一如他的作品，回憶從前，他的美好時光也就是他年輕時到國外的日子，是會忍不住就笑起來了。

　　然後是王安憶的《69屆初中生》、《小鮑莊》，八十年代至今，與王安憶見過好幾趟面了，她的作品是愈寫愈扎實，就是《香港的情與愛》差一些，上海人看香港的愛情故事，與看上海人的，到底有所不同。上一趟見王安憶，是她到香港來看她編的舞台劇，又是幾年過去。沒有她的地址，要見，或許只能在某些文學座談會、她出席的頒獎禮了。

　　戴厚英的《人啊人》是當年文革後作家寫文革帶來的傷痕，故又稱之為傷痕文學，有說戴厚英當過紅衛兵，但那年代當紅衛兵的人何其多，戴厚英也是迫不得已吧，一如巴金在《隨想錄》所說，那是一個不敢講真話的年代。文革後才講出心中話，難免心中有愧了。戴厚英在亂世活存下來，倒是在安穩歲月，死於非命，教人惋惜。

　　成英姝的《公主徹夜未眠》該是 1995 年的作品，1996年到台灣，她在書上簽名，並說要認真快樂生活啊，那比寫作更重要。那是新一代年輕作家的生活取向，生活比寫作來得有趣。近年再沒有看到她的作品，她是忙着享受生活吧。

多擺一雙筷子

羅啟銳在《歲月神偷》拍出當年街坊街里吃晚飯的溫馨場面，甲家小孩可到乙家吃，多一雙筷子就成，幾個家庭亦可以同時間開飯，小孩隨意走動，餸是鄰家的香，鄰家的好吃，那就過去吃好了。

同時期在香港過着艱難日子，獨自一人生活的葉問沒有家人弄飯，只能與一眾徒兒在大牌檔解決三餐。大牌檔的碟頭飯不貴，就是大廚下手重了些，味精多些，餸菜鹹些。葉問沒家常小菜可吃，對身體健康該只有壞處，沒有好處。《葉問——終極一戰》拍出五六十年代香港生活艱苦的一面，經常上大牌檔的葉問，與同時期在香港生活的李小龍的父親李海泉，相差太大了。

在《李小龍》電影中亮相的李海泉，家中開飯，是一枱人起（十個八個人是慣見的了），兩枱人止。家常便飯來得一點不簡單，這樣子的吃飯，雖不算豪華，比起葉問的吃，講究多了。

都是那年代的故事，卻也有貧富之分。葉問與同鄉吃飯一幕，少了一位小孩，道出為了飽肚，不致捱餓，五六十年代仍有賣親生骨肉的人間慘事。

五六十年代吃是個問題。朱石麟拍《中秋月》，窮苦人家過節想吃件月餅都不易（打工仔過年過節仍得送禮給上司，自己卻沒得吃）。

那年代可以拍電影的武打明星，如關德興、曹達華、石堅、于素秋、林蛟，都要比活在貧困中的葉問好。電影中的葉問，精神狀態卻是好的，生活條件差一點，吃得差一點，他仍活得有骨氣，活得似一代宗師。

《終極一戰》有李小龍一場戲，打扮西化的李小龍，演來有點輕佻，不像李治廷扮演的《李小龍》來得那麼有陽光氣息。有名有姓，同是一個人，葉問落在不同導演手上，會變成很不一樣。說真實生活中的李小龍，與電影中的是兩個不同的人，不用覺得奇怪。

當年的吃飯場面，多擺一雙筷子，就可一起同枱吃飯，看起來，仍覺得好，只是那樣的溫馨場面，不復得見了。

少年的「我」

《Letter to my younger self》的編輯 Jane Graham 沒有向居住香港的同代人約稿，邀請他們向當年 16 歲，17 歲的「我」寫一封信，以過來人身份告訴「我」該做甚麼，不該做甚麼。或許不用說甚麼勉勵的話，打個招呼，也是可以的。

要是有機會向當年 16 歲的「我」說幾句，我會說：在學校不要太過乖，太過聽話了，要頑皮一些才好。犯了錯，讓校長打一籐吧。日後與同學回憶從前，大家都說當年受罰，被老校打籐，屬於多麼美好時刻。南非作家 J.M Coetzee 寫過一個短篇《Make him sing》，說的就是在南非，校長用籐條打頑皮學生，圍觀的都希望被打籐的同學喊出來，sing 不是唱歌，是呼叫喊痛。英雄流血不流淚，南非的青少年，不會向校方求饒，當眾被打籐，更不會在同學面前哭起來，Make 頑皮仔 sing，不會成功的。

那些年，在校內被校長打籐的同學，是不會叫喊，不會叫痛的。每位從校長室出來的同學，沒有一個會哭起來

的。那是多麼難得的經驗，沒有試過，沒法領略其中況味。少年的「我」，當年沒此經歷，如今敍舊，看着同學分享那流金歲月，被打籐，可是光榮歷史來的。而「我」，是錯失那機會了。

十六歲

　　Jane Graham 找來一百位知名（以英美為主）人士，請他／她們寫一封信，給當年 16 歲的「我」，其後遂有了一本厚厚的《Letter to my younger self》，2019 年出版，很受讀者歡迎。

　　16 歲，青春反叛時期快要結束了，該想想自己該過怎樣的人生了。在那年輕歲月，大多數人仍不知自己日後該做甚麼，但也有已經知道的。Beatles：披頭四成員之一的 Paul McCartney 說：「16 歲那年，不想上學了。就是想學結他，追女仔。其實得個想字，我沒有自信。」那些年，Paul 不敢邀請女孩子去看電影。他說：「我不是占士邦（那年代，Sean Connery 演占士邦，有型有款，是青少年崇拜對象），那麼受女性歡迎呀。」但他把他對女孩子的想法，譜成歌詞，與他的朋友，把他的心底話，彈唱出來。那時候（上世紀六十年代初）Paul 與好朋友 John Lennon，George Harrison，夾 band，唱歌，遂有風靡那一代少女的 Beatles 樂隊出現。

Paul 沒有後悔 16 歲那一年所做的一切。

演 007 占士邦成名的 Roger Moore，他會對當年 16 歲的 Roger 說：「不要怕別人的批評。保持笑容，態度要好，喜歡你所做的事。」演戲生涯，Roger 不是一帆風順的。但他相信那首歌帶來的啟示：Keep right on till the end of the road。

成功，不是憑空想像出來的，是要有所堅持的。

心想

在《Letter to my younger self》，加拿大作家 Margaret Atwood 說得坦白：「要是可以回到過去，我會告訴 16 歲那年的我，要學曉打字呀。」至今這位作家仍然不懂打字，只能拿起筆來，書寫作品。

16 歲那年，Margaret 知道賺錢重要，懂得用車衣機比用打字機更實際，有用。所以她加入縫紉班，學車拉鏈。不過，16 歲那年，她愛上閱讀，從 Hemingway 到 Orwell，還有科幻小說，19 世紀經典。她還買了一本《Writer's Market》，知道寫浪漫愛情小說才會賺錢。

Margaret 到了 17 歲那年，知道自己要做作家，但不是寫浪漫愛情小說那種作家。她說她受的教育讓她懂得獨立思考，家人反對她寫作，是覺得她不能以此為生。她當然不理。

多年以後，這位成名作家回憶從前，第一本書出版了，她得到批准，在超市一角，辦了個新書簽名活動。一天下

來，只賣出一本書，簽了一個名。那部作品，已經絕版了，那個簽名本，該很值錢的了吧。

Margaret 說，要是可以返回六十年前，見當年只有 16 歲的「我」，說自己成為名作家了。年輕的 Margaret 或許會對年老的她說：Yeah, so you did it.

當時年紀輕輕的 Margaret，可沒有想到，自己可以為理想，堅持下去的。

否給予切實的幫助。」另一位環保分子說：「我已是國際人來的了，日後哪裏可以找到工作，推動環保，我就到那裏去。」

　　都是知道該走怎樣的路向的年輕人，聽了，教人滿心歡喜。

未來的你

仍然有此「壞習慣」，要求年輕人交功課，好為人師，真是要不得。此壞習慣，一時改不了。

與年輕人茶敍，大家說說笑，閒聊幾句就是。對他們說：要寫一本有關未來的書，希望年輕人幫手，一年後，交功課，用一年時間，寫一篇有關他們未來的文章，題目：「未來的我」，「二十年後的我」。那時，他們正當盛年，是他們最好的時光。他們會怎樣克服生活難題，他們會過着怎樣的人生。

有年輕人問：「一定要交功課的麼？寫未來的我，太難了。今日不知明日事，何況是二十年後呢。要是隨意寫，大話西遊，沒意思。」

說得有道理，怎好要求他們寫呢。不能下筆時，天馬行空，愛怎樣寫就怎樣寫。不是寫學術論文，用一年時間，資料搜集，考據，把有關觀點整理出來。未來的我，二十年後的我，會是怎個模樣，怎樣寫呢。

　　只有一兩位年輕人說會準時交功課，其中一位說：「我視此為規劃人生的第一步，我知道我想做甚麼，想過怎樣的人生，我會向着這目標邁進。二十年後的我，大概會是跟我現在所想的，相距不遠吧。」

　　另一位說：「二十年後，我該是一名好醫生，因為我會做一名無國界醫生，為有需要的人，提供醫療服務。我這樣做，與偉大無關，是我覺得過這樣的人生，才有意思。」

　　好，一言為定。一年後，看會收到多少份功課。

十五年

這個晚上，朱芸編用他帶來的隨身之寶：二胡，拉奏《紅樓夢》、《野蜂飛舞》。意猶未盡，再來一首貓王皮禮士的《Can't help falling in Love》。朱芸編用二胡拉奏西方樂章，可不是第一趟了，每次，他都為我們帶來意外驚喜，二胡落在朱芸編手上，拉奏中西樂章，同樣動聽。

朱芸編如今是來「還債」了。十五年前，我與只有十三、四歲的芸編，兩位他的師兄（一位拉小提琴，另一位彈琵琶），那一年，沙士剛過的夏天，我們到歐洲，展開街頭賣藝之旅。三名年輕人街頭賣藝，所得的小費，平均分了，就是不分給我（我可是他們的班主）。我說：「日後，你們得還的呀。」

如今好了，有甚麼晚會，文化活動，可以的話，都會邀請朱芸編到來，做表演嘉賓。去年暑假，由貿發局舉辦的香港書展，在我的新書分享，朱芸編到來，擔任主持，他說過開場白，分享會要開始了，他拉奏一曲。那一刻，多麼希望那是個朱芸編演奏會，我們都來欣賞他的精彩演出。

　　二十年看似又遙又遠的事，回憶從前，認識朱芸編也快有二十年了。他答應明年會交功課：書寫一篇「二十年後的我」。我相信，二十年後，朱芸編的二胡功力，會更上一層樓。到那一天，他仍願意到來「還債」麼？

四分一世紀

　　這個晚上，同枱吃飯的年輕人，在聖誕節過後，會返回就讀的大學，繼續學習。十天過後，他們相距萬餘里，各在天一涯了。有返回美國，繼續唸機電工程，有返回英國，到律師樓實習，有留在香港，學醫，讀第三年了。

　　往後日子，大家夠忙碌的了。他們日後會有甚麼遭遇，會過怎樣的人生，我們一無所知。他們都會一年後，把做好的功課，「未來的我」交給我。只是二十年後，他們變得是否一如他們所寫的，實屬未知之數。

　　年輕一代分開後，自有他們聯絡的方法。他們日後是否 well connected，還是不再來往，那是他們的事了。有年輕人說：「明年今日，我們自會交功課。其他日子，我們會按照自己意願去生活，不用為我們操心。」

　　這樣的話，其實不是說給我聽，是說給坐在另一枱父母聽的。

　　年輕人父母的回應：「二十五年後，我們不再是壯年，

是老年人來的了。現在已經管不了他們，將來，更不用說了。他們想過怎樣的人生，是由他們來決定的。我們年輕時代，很多時候，都是按照父母旨意行事，上大學該讀甚麼科，畢業後要做甚麼，多是聽父母的。這一代的年輕人，比起我們那一代，自由多了。至於他們是否比我們那一代幸福、快樂，可不知道了。」

環保

瑞典環保少女 Greta Thunberg 獲選為 2019《時代雜誌》（Time）風雲人物。讓人想到《聖經》中的一句「不要叫人少看你年輕」，年輕人，也可以走在時代尖端，把環保想法，付諸行動。所謂 Power of Youth，很實在的，可以改變社會現況的。

我所認識的 J，十二三歲年紀，已開始關注氣候變化：「global warming，會影響我們這一代，受苦的更可以是下一代呢。」J 年紀輕輕，已加入大學環境保護工作，還當上研究員。到英國入讀大學，加入環保組織，經我的介紹，還替香港 WGO 做了幾個與環保有關的 project。她是坐言起行，保護環境，那是她的使命，為貫徹此信念，她會堅持下去的。

「Greta 的言行舉止，是一個 symbol，很有象徵意義。她引起國際的關注，各國領袖不能得個講字。Al Gore 的《An Inconvenient Truth》不該是個 talk show，人類該有危機感。」J 接着說：「我們不一定要做 Greta，但是我們

仍然可以為未來，人類的未來，盡一分力的。」

　　J不為名，不為利。她是為理想而奮鬥，有這樣的年輕人，香港仍是有希望的吧。

　　J今年大學畢業，會留在英國，做研究。她答應給我寫一篇〈未來的我〉，一年後交稿。 2021 出版的《未來》一書，該可看到她的人生取向，生活態度。「環保，不是空話一句來的。」J如是說。

一頓又一頓的飯局

「巴黎，流動的盛宴」小說家海明威說的。

「香港文化圈，也曾有過流動的盛宴，不過，總得有主催者，才能成事。那是屬於上一輩文化人的活動，這一代的文化人，愛各自精彩，不再有類似的飯局了。」

說的到底是不是事實，不得而知。上一次出現的文化飯局，是浸大今年年初歡迎台灣作家王春明的飯局，前一年則是韓少功的飯局，負責主催的是鍾玲教授，那是她職責所在，飯吃得舒服，大家客客氣氣，卻很難會擦出甚麼火花來（不會有甚麼可供辯論，爭議的課題，飯局也就乏善可陳了）。

大概屬於例行公事式的飯局，皆有此毛病，不冷不熱的場面，飯是吃了，卻不見得有甚麼驚喜可言。我們出席，是為了見見作家，就此而已。桌上菜式是好是壞，倒不在意。

就此而言，港台八十年代的飯局，都是因為見作家而

去的，像1984年見三毛，那時她的「沙漠」文學作品熱賣，她的出現，是有吸引力的，那一年的三毛，散發出來的光和熱，確實沒法擋，難怪中國老一輩作家姚雪垠也要為她傾倒，據說還成了莫逆之交。幾年後再見三毛，她的神采不見了（她的丈夫荷西遇溺身亡，她說過的是雖生猶死生活），那頓飯，吃得沒精打采。

港台的開卷樂節目，每年的徵文比賽，投稿者水準極高，有後來成了文化人的陳雲，當年的書評，寫得出色。那一年的頒獎嘉賓，是柏楊吧。港台大姐張敏儀隆重其事，那一年的頒獎禮最具特色，柏老顯得特別高興，與新婚夫人張香華一起到來，那一晚的飯局也顯得最有生趣，柏楊談笑風生，出席的還有徐速夫人。說起徐速，我們自然不會忘記他的《星星，月亮，太陽》一書，改編成電影，由尤敏，葛蘭，葉楓擔當主角，戲拍得不怎樣，三位明星卻是我們年輕一輩的偶像。還記得唸小學那年，參加徐速主編的少年雜誌徵文比賽，拿了個優異獎，到出版社領獎，徐先生將獎金（好像是港幣十元正）交到我手上，那是我惟一一次參加徵文比賽，而又惟一一次獲獎。

當年港台一年一度的飯局出席嘉賓還包括白先勇，林語堂女兒《讀者文摘》主編林太乙，可以見心儀作家，吃變得不重要了。

這樣的飯局在港台不再主辦徵文比賽後成了絕響，要吃文化飯，得看我們文化圈具號召力的大哥大姊有沒有興緻「吹雞」召集一等有關人士出席飯局了。戴天，「小李飛刀」，張大姐皆有此能耐。天地出版社也曾主催過一兩個特別飯局，出席的有不愛露面的李碧華，亦舒，鍾曉陽。另一次是賈平凹，都是不愛說話的作家。

這樣的飯局在二十一世紀初已是可遇不可求。遂想起八九十年代在台灣，出席了一趟兩趟瘂弦主催的飯局，記得那一次瘂弦對我說：「你一定不怎樣習慣這樣的吃喝場面，也以為我只顧飲飲食食而不再寫詩了。」

當然不會這樣想，文化人也得吃飯，見面喝杯茶或飲咖啡，自然不及吃頓飯高興。台灣文化人飯局，才是流動的盛宴，每個晚上，總有一個兩個飯局在進行著，要吃，總會找到合適自己的飯局。

　　香港恐怕已過了文化人飯局的光輝燦爛的日子，文化
人愛各自修行了。

《撒哈拉的故事》作者三毛出席港台「開卷樂」頒獎禮

台上台下

記得在 2015 年夏天的香港書展期間,鄧永鏘請來英國暢銷書作家 Alain de Botton、歷史學家 Simon Sebag Montefiore,以及新聞工作者(已故英國首相戴卓爾夫人女兒)Carol Thatcher 來港探討「作家為甚麼而寫」,與讀者分享他們的寫作心得。

座談會那天早上,港大陸佑堂座無虛設,在大學工作的朋友說:幾位作家談寫作,固然精彩,但如果沒有主持「雪茄鄧」坐鎮,會是美中不足。

台上的鄧永鏘,有此能耐,控制大局,坐在身旁的作家與他互動,擦出火花來。台下聽眾亦不敢亂問問題,不然的話,鄧永鏘一句話下來,像狼牙棒,發問者可無招架之力。

談笑用兵,顯出鄧永鏘駕馭講座的能力,在台上,他是霸氣十足。講座結束,他下來與我們打招呼,卻又隨和得很,沒半點架子。

熟讀莎士比亞的鄧永鏘，當然知道「All the world's a stage」，在台上、台下，他扮演的不同角色，皆十分出色。

那天，看着鄧永鏘走過來，讓我想起莎翁寫的「In fair round belly...」，用來形容有個肚腩、衣着入時、生活有品味的鄧永鏘，合適不過，而「Full of wise saws and modern instances」更是他的寫照。

鄧永鏘在港大陸佑堂

不愛説話一族

George Lam 林子祥接受男拔校刊 Steps 編輯訪問時説：「我與 Terence（即男拔校長張灼祥）雖然是同班同學，但我們很少談話的。」

説得對，我們都是不愛説話一族，兩年同班，不是「老友記」，沒有共同話題，説甚麼呢。

到了回拔萃當校長，與 George 見面機會多了，話題也多起來。George 是有求必應，為學校慶典活動獻唱，從香港會展中心唱到校園草地、好歌獻給拔萃。不愛講話的 George，就是愛唱歌。

這些年，與 George 打過兩至三場高爾夫球，去過他的音樂會，就此而已。

與林子祥合照

中四級班合照：中坐班主任 Mr Fisher，第三行左一為張灼祥，第二行右三為林子祥。

老虎、獅子、大笨象

2011 年 5 月 12 日看《情約奇藝坊》的時候，竟讓我想起第一次看馬戲，那是很久很久以前的事了。那一年在灣仔填海區空地，矗立着一個又一個大帳篷，帳篷裏擺放大鐵籠，裏面有獅子、老虎。香港那時沒有動物園，荔園只有一隻大象，每天站在水泥地上，腳上了扣鏈，只能來回踏步，等待進園遊客送上爛熟水果。那隻象顯得一點不開心，而且疲累不堪。沒想到在馬戲班亮相的獅子、老虎，同樣懶洋洋的，欠缺威猛神采。

那一個下午，父親帶着姊姊、哥哥和仍在唸小學的我乘坐火車到尖沙咀，再乘坐天星小輪過海，一起去看「沈常福馬戲團」的演出。步入大帳篷看表演前，還可先去看看正在籠中休息的猛獸。動物的氣味難聞，走進帳篷，刺鼻臭味撲面而來，讓人感到十分不舒服。

馬戲班的空中飛人最好看，近年看過兩個來自法國的 circus 表演，沒有動物的馬戲班，人在空中走動、翻筋斗，雜技表演，燈光與音樂配搭得宜，一個環節扣一個環節，

比起傳統馬戲班的表演，更為乾淨利落。

當年的「沈常福馬戲團」的眾多表演項目，只記得空中飛人了，動物與馴獸師的表演，不見驚險，更談不上扣人心弦，比較起來，少年時，還是荔園的遊戲機更好玩，而且，荔園小吃極多，可在那裏消磨大半天。那時愛玩的「鬥獸棋」，更是樂趣無窮，比看真的動物還要好。

那該是我們第一次，也是最後一次去看有動物表演的馬戲班。當天父親的興致比我們還要好。我們看表演前，有軟雪糕吃，那比看獅子老虎跳躍火圈，更為開心。

2002 年到過瀋陽動物園，看到園中老虎、獅子，同樣懶洋洋的，這群園中猛獸，已不是關在籠裏的了，竟比馬戲班的獅子老虎，更見疲態。《情約奇藝坊》展示出一段還算感人的愛情故事，但電影中的動物，同樣顯得沒精打采，那頭大笨象，讓我想起荔園的大象，牠們的日子一點不好過。

早已忘記「沈常福馬戲團」當天表演細節，那裏的森林之王，並不兇猛，而在往後日子，去過世界各地不同動

物園，見到的獅子、老虎、大象，竟與馬戲班所見的都是一個模樣，了無生氣的。

大學畢業典禮後與父母、好友 Steven（右二）在香港大會堂外合照。

後　記

後記

張灼祥、范玲對談

張：一年容易，去年的《拔萃十二年的日子》，那是第一部曲。書出版至今，快一年了。我們的對談，來到第二部曲：《五十年‧細說拔萃從前》，說從前，不如先談 2019 年 11 月 30 日晚在香港會展中心舉行的拔萃男書院創校一百五十週年慶典。你當晚也有出席，感覺如何？

范：感覺比一百四十五週年的慶典有規模，也見到很多熟悉面孔，好朋友，很開心。

張：記得當晚在會展中心，在前往宴會廳時，遇見徐主教。已五年沒有見面，他的精神狀態仍是那麼好。主教退休後，說起話來，仍是從容不迫的。

范：是的，主教夫婦坐在我們旁邊，一直見他們面帶微笑，應該退休後生活也很開心。

張：進入會展大堂，遇到新知舊雨，談起話來，感覺真的很好。比起 2014 年，離開男拔七年了，卻以為還是去年的事。不過，在大堂前遇到幾名拔萃仔，當年他們還在

唸小學，現在都是大學生來的了。

范：對呀，幾個人高馬大的男孩子一下子把你包圍，嚷着要和你照相，我在旁邊很羨慕呢。

張：在大堂內，司儀宣佈當年校長 Mr Goodban 的女兒從英國到來出席盛會。本來想與她見個面……

范：是嗎？

張：Mr Goodban 在上世紀二次大世界大戰前後，當上男拔校長。在五十年代初，他的女兒年紀還小，該是在讀小學。我第一次見她，是我回來當校長的頭幾年，事隔六十多年，她已經是祖母來的了。她回來，想看看當年她與父親住過的校長宿舍，看不到了，當年的校長宿舍，早已拆掉，改建成附屬小學了。

范：那個時代的拔萃想必有很多有趣的故事，所以至今大家才會念念不忘。

張：對呀，所以在男拔第二部曲，會有當年曾是 Mr Goodban 學生的馮以浤老師、湯顯森牧師現身説法。講講他們在男拔的歲月。當然，説起從前，講的多是五六十年

前男拔的流金歲月,那是 Lowcock 年代的故事了。

范:這兩位老師我都見過,馮老師夫婦每次都是一起出現,非常恩愛,湯牧師笑起來很爽朗,也很好客,我還記得他請我們去他家晚餐,那晚豉油蝦是我吃過最好吃的。

張:他們在拔萃的日子,是由一位在其他學校任教的鄭潔明老師執筆的。所謂近鄉情怯,由我來寫他們,會戰戰競競的。談到 Mr Lowcock 時期的舊生,你認識的也有不少,潔明訪問了 Hanson、Gilbert 和 Lowcock 的契仔 Kenny。

范:是的,這幾位都見過。

張:你對他們的印象如何?像拔萃仔麼?

范:很像呀,每個人都很成功。

張:當年,Lowcock 年代的拔萃管弦樂團已負盛名。倒是中樂團冒出頭來,一點也不易。Dr Leung 寫了篇中樂團發展歷史,很具參考價值。

范:拔萃在音樂方面的確很厲害。

張：每年的 Dpeech Day、學校管弦樂隊都會大顯身手，演奏名曲。今時今日，在回家音樂會 Homecoming Concert、中西樂隊都有表演機會。在 Goodban、George She 年代，西樂為主，到了 Lowcock 時代，中樂開始發展起來。到了我的年代，更有二胡好手朱芸編，一鳴驚人了。

范：說起朱芸編，這個孩子真的是長大了，他的二胡拉得真是出神入化，他近幾年的幾首作品，我都非常喜歡，人也謙遜有禮，很難得。

張：說到謙遜有禮的男拔生不多見，其實是錯覺來的。當然，你認識不少舊生，活潑、有生命力、有幽默感，有些說話豪爽（不少還愛講粗話），在第二部曲中不少舊生的文章，生動有趣。有些以犯校規為榮（因為犯了校規，才會被長打籐呀）。

范：有時候很難想像已經一把年紀的大男人，說起自己當年校長處罰的過程會津津樂道，甚至一臉自豪，我覺得只有男拔才有這樣的凝聚力，他們的故事相信很多人都覺得很有趣。

張：是呀，有時候我在想：個個都話當年被校長用籐

打過，會不會有誇大成份。不過，我沒有這個機會呢。我做學生時，沒有被校長打過，到我做校長，不能體罰學生了。我沒有機會用籐條了。當年 Lowcock 用過的籐條，已成文物，存放在學校博物館了。

范：體罰畢竟不是一件值得鼓勵的事，現在年輕人，應該多鼓勵為主。

張：當年體罰的用意，Lowcock 說得清楚，犯了錯，打一籐兩籐，所犯之錯，一筆勾銷。當然，時代不同了，上世紀五六七十年代的故事，是那一代人的故事了。

范：不過哪一代的故事都有精彩之處，現在我們回看，也有看多值得參考的地方。

張：你說得對。拔萃人的故事，是薪火傳承的故事。

張灼祥、范玲攝於拔萃男書院校園。

www.cosmosbooks.com.hk

書　　名	五十年・細說拔萃從前	
編　　著	張灼祥	
責任編輯	郭坤輝	
美術編輯	楊曉林	
封面插圖	Frederick Lau	
封底插圖	Joshua So	
出　　版	天地圖書有限公司	
	香港黃竹坑道46號	
	新興工業大廈11樓（總寫字樓）	
	電話：2528 3671 傳真：2865 2609	
	香港灣仔莊士敦道30號地庫（門市部）	
	電話：2865 0708 傳真：2861 1541	
印　　刷	亨泰印刷有限公司	
	柴灣利眾街德景工業大廈10字樓	
	電話：2896 3687　傳真：2558 1902	
發　　行	香港聯合書刊物流有限公司	
	香港新界大埔汀麗路36號中華商務印刷大廈3字樓	
	電話：2150 2100 傳真：2407 3062	
出版日期	2020年6月 初版／再版・香港